D1752495

Adalbert Stifter DER WALDSTEIG

Adalbert Stifter
DER WALDSTEIG

illustriert mit Bild und Wort
von Sonja Poll und Helmut Stabe

MITTELDEUTSCHER VERLAG
2005

ICH HABE EINEN FREUND, der, obwohl er noch am Leben ist, und bei uns von lebenden Leuten nicht leicht Geschichten erzählt zu werden pflegen, mir doch erlaubt hat, eine Begebenheit, die sich mit ihm zugetragen hat, zum Nuzen und zum Frommen aller derer zu erzählen, die große Narren sind; vielleicht schöpfen sie einen ähnlichen Vortheil daraus, wie er.

Mein Freund, den wir Tiburius Kneigt hießen, hat jezt das niedlichste Landhaus, das man sich in unserem Weltheile zu denken vermag, er hat die vortrefflichsten Blumen und Obstbäume um das Haus herum, er hat ein schöneres Weib, als je auf der Erde gewesen sein kann, er lebt Jahr aus Jahr ein mit diesem Weibe auf seinem Landhause, er trägt heitere Mienen, alle Menschen lieben ihn, und er ist jezt wieder sechs und zwanzig Jahre alt, da er doch noch vor Kurzem über vierzig gewesen ist.

Das alles ist mein Freund durch nichts Mehreres und nichts Minderes geworden, als durch einen einfachen Waldsteig; denn Herr Tiburius war früher ein sehr großer Narr, und kein Mensch, der ihn damals gekannt hat, hätte geglaubt, daß es mit ihm einmal diesen Ausgang nehmen würde.

Die Geschichte ist eigentlich recht einfältig, und ich erzähle sie blos, damit ich manchem verwirrten Menschen nüzlich bin, und daß man eine Anwendung daraus ziehe. Mancher, der in unserm Vaterlande und in unsern Gebirgen bewandert ist, wird auch, wenn er

Bald, wann der trübe Herbst
    die falben Blätter pflücket,
Und sich die kühle Luft
    in graue Nebel hüllt,
So wird der Erde Schoß
    mit neuer Zier geschmücket,
An Pracht und Blumen arm,
    mit Nutzen angefüllt;
Des Frühlings Augen-Lust
    weicht nützlicherm Vergnügen,
Die Früchte funkeln da,
    wo vor die Blüte stund:
Der Apfel reifes Gold,
    durchstriemt mit Purpur-Zügen,
Beugt den gestutzten Ast
    und nähert sich dem Mund.
Der Birnen süß Geschlecht,
    die Honig-reiche Pflaume
Reizt ihres Meisters Hand
    und wartet an dem Baume.

Albrecht von Haller, aus »Die Alpen«

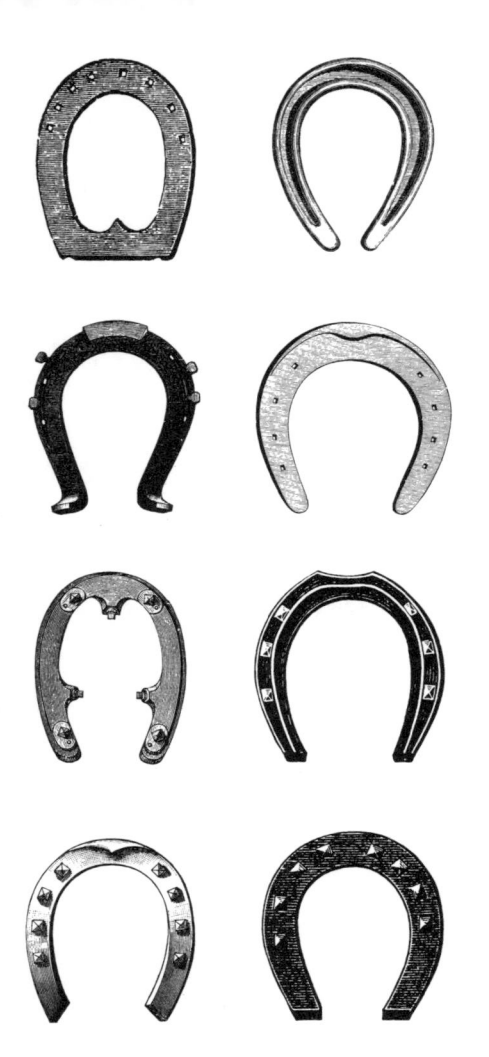

überhaupt diese Zeilen liest, den Waldsteig sogleich erkennen, und wird sich mancher Gefühle erinnern, die ihm der Steig eingeflößt hat, wenn er auf ihm wandelte, obgleich niemand durch denselben so gründlich umgeändert worden sein mag, als Herr Tiburius Kneigt.

Ich habe gesagt, daß mein Freund ein sehr großer Narr gewesen sei. Dies ist er aus mehreren Ursachen geworden.

Erstlich ist sein Vater schon ein großer Narr gewesen. Die Leute erzählten verschiedene Sachen von diesem Vater; ich will aber nur Einiges anführen, was ich verbürgen kann, da ich es selbst gesehen habe. Ganz im Anfange hatte er viele Pferde, die er alle selber verpflegen, abrichten und zureiten wollte. Als sie insgesammt mißlangen, jagte er den Stallmeister fort, und weil sie sich durchaus von den Regeln und Einübungen, die er ihnen beibrachte, nichts merken konnten, verkaufte er sie um ein Zehntel des Preises. Später wohnte er einmal ein ganzes Jahr in seinem Schlafzimmer, in welchem er stets die Fenstervorhänge herabgelassen hielt, damit sich in der Dämmerung seine schwachen Augen erholen könnten. Auf die Vorstellungen derer, die sagten, daß er immer gute Augen gehabt habe, bewies er, wie sehr sie im Irrthume seien. Er that das Schubfach, welches er in dem hölzernen finsteren an sein Zimmer stoßenden Gange hatte, auf, und sah eine Weile auf den von der Sonne beleuchteten Kiesweg des Gartens hinaus, worauf er sogleich mit Gewissenhaftigkeit versichern konnte, daß ihm die Augen schmerzten. Der Schnee war gar erst ganz unerträglich. Weitere Einreden nahm er nicht mehr an. In der lezteren Zeit dieser Vorgänge that er in dem dämmernden Zimmer noch eine Blendkappe auf das Haupt. Da das Jahr herum

~ **Von der Kunst zu Stricken und der Strickerei überhaupt.**
§ 1 Unter Stricken versteht man die Verfertigung eines künstlichen Geflechtes aus einem Faden, der vermittelst zweier Nadeln abwechselnd so lange durch die aus sich selbst gebildeten Schlingen gezogen und wieder in neue Schlingen verwandelt wird, bis dadurch ein Zeug entsteht, das dem Gewebe, das durch mehrere Fäden, durch Kette und Einschlag, gebildet wird, im Gebrauch und Ansehen nahe kommt. Jedes einzelne Schlingchen heißt Masche.
§ 2 Es gibt bekanntlich zwei Arten zu Stricken, welche wesentlich verschieden sind: das Netz- oder Filet-Stricken und das Strumpfstricken. Bei erstem wird der Faden über einen Stab so zu Maschen verschlungen, dass diese mit Knoten versehen werden; beim Strumpfstricken hingegen entstehen Maschen ohne Knoten. Da sich die nach der letzten Art gestrickten Zeuge ausdehnen lassen und sich wieder zusammenziehen, so bald die ausdehnende Kraft nachläst, so sind sie unter allen die bequemsten zu Handschuhen, Strümpfen, Strumpfbändern, Windeln u. s. w.
§ 3 Das netzartige Stricken ist viel älter als das Strumpfstricken.
§ 5 Jede abgestrickte Masche bildet der Länge nach zwei zarte Linien oder Schnüre. Die Maschen behalten, so lange als im Zirkel herum gestrickt wird, einerlei Ansehen; strickt man aber an einer Breite hin und her, so bekommt man zweierlei Maschen, rechte und linke. Um nun auch hier auf beiden Seiten einerlei Maschen zu erhalten, so werden die Maschen, wenn man rückwärts strickt, geknüttet. Wenn man die Masche dreht oder verwendet, sie so auf die Nadel nimmt und den Faden wieder wie gewöhnlich durchzieht, so bekommt man die verwendete oder umgewandte Maschen. Diese drei Arten von Maschen, glatte, geknüttete und umgewandte, waren bisher die bekanntesten, womit Muster, Zwickel, Streifen, Nähte u. s. w. gestrickt wurden. – Die Nadel, womit man strickt, oder die Maschen von der andern Nadel abzieht, heißt die variirende, oder Stricknadel im engern Sinne. – Wir wollen nun das Weitere an einem Strumpfe zu erläutern suchen.
§ 6 Der Anfang eines Strumpfes wird mit Umschlingung des Fadens über eine, auch zwei Stricknadeln gemacht. Man nimmt diese Stricknadeln in die rechte Hand, hält mit der linken den Faden einfach, oder auch doppelt, und macht Schlingen. Zu einem Damenstrumpfe werden, nach Beschaffenheit der Stärke des Beins, und wenn das Garn von mittler Stärke ist, 26, 28 auch 30 Schlingen oder Maschen gerechnet; strickt man aber mit Zwirn, so muß eine Nadel 30, 35, 38 auch 40 Maschen bekommen. Hat man nun die gehörige Anzahl Schlingen gemacht und sie auf alle vier Nadeln gleichmäßig verteilt, so wird nach einer Vorschrift ein Rändchen geknüttet. Das Knütten wird

war, fing er gemach an, die Aerzte zu tadeln, welche Schonung der Augen anrathen, und überhaupt alle Arzneiwissenschaft und deren Ausübung zu verwerfen. Zulezt sagte er sich vor, die Aerzte hätten ihn zu dem ganzen Verfahren gebracht, er häufte Schimpf und Schande auf das Gewerbe, und that die Prophezeiung, daß er sich nun selber behandeln werde. Er zog die Fenstervorhänge empor, machte alle Fenster auf, ließ den hölzernen Gang wegreißen – und wenn die Sonne ganz besonders heiß und strahlenreich schien, so saß er ohne Hut mitten in dem Lichtregen im Garten und schaute auf die weiße Mauer des Hauses. Er bekam hiedurch eine Augenentzündung, und als diese vorüber war, wurde er gesund. – Von weiteren Dingen führe ich nur noch an, daß er, als er sich mehrere Jahre sehr eifrig und sehr erfolgreich mit dem Schafwollhandel beschäftigt hatte, plözlich dieses Geschäft wieder aufgab. Er hatte dann eine sehr große Anzahl Tauben, durch deren Vermischung er besondere Farbenzeichnungen zu erzielen strebte, und dann wollte er eine Sammlung aller möglichen Cactusarten anlegen.

Ich erzähle diese Sachen, um die Geschlechtsabstammung des Herrn Tiburius fest zu stellen.

Zum Zweiten war die Mutter. Sie liebte den Knaben außerordentlich. Sie hielt ihn warm, daß er sich nicht verkühle, und ihr durch eine plözlich hereinbrechende Krankheit entrissen werde. Er hatte sehr schöne gestrikte Unterleibchen, Strümpfchen und Aermlein, die alle außer dem Nuzen noch manches sehr schöne rothe Streifchen hatten. Eine Strikerin war das ganze Jahr für das Kind beschäftigt. Im Bettchen waren feine Lederunterlagen und Lederpolster und gegen

folgender Maßen verrichtet: Der Faden wird von vorn über die Maschennadel gelegt, mit der Stricknadel auf der entgegengesetzten Seite hinein gestochen und der Faden von vor nach hinten durch die Maschen gezogen. Das Rändchen selbst wird theils zur Zierde, theils deßwegen gemacht, damit sich der Strumpf nicht rolle. Jetzt stricke man, ehe das Rändchen anfängt, hauptsächlich bei Damenstrümpfen, durchbrochene Kanten von Erbs- oder Stablöchern, einen guten Daumen oder Zoll breit. Soll diese Kante bogenförmig oder wie ausgehackt werden, so wird sie erst nach Beendigung des Strumpfes durch Ankettung von Seitenmaschen daran gestrickt, wo man dann, weil diese Maschen die Quere laufen, leichte Bogen formiren kann. – Wenn das Rändchen fertig ist, so wird der Strumpf ohne Kniekehle in einem gerade fort gestrickt bis zur Wade; denn hier erst wird eine allmälige Verengerung desselben nothwendig.

§ 7 Das Verengen geschieht durch das sogenannte Abnehmen, indem man mit der Stricknadel zwei Maschen auf ein Mal aufnimmt und den Faden durchzieht. Das Abnehmen selbst muß mit den beiden Hinternadeln bei dem Nähtchen geschehen, jedoch so, dass immer eine oder zwei Maschen zu beiden Seiten des Nähtchens herablaufen, und die abgenommenen Maschen sich nicht gleich an dasselbe anschließen. Strickt man einen Strumpf mit starker Wade, so werden während 10 oder 15 mal Herumstricken 8 auch 10 Maschen abgenommen. Man nimmt auf ein Mal auf jeder Nadel nur eine Masche ab, stricke dann wieder ein Mal herum, ohne abzunehmen, und nimmt beim dritten Mal Herumstricken wieder ab, und so wechselsweise fort, so lange es das Verhältnis des Strumpfes erfordert.

§ 8 Bei Strümpfen für Beine mit sehr starker und fleischiger Wade ist das Zunehmen von der Kniekehle an nötig, welches ebenfalls auf den Hinternadeln geschieht. Man dehnt zwei Maschen auseinander, worauf der Zwischenraum einen gegenüber liegenden Faden zeigt; diesen hebt man mit der Nadel auf, zieht den Knaulfaden durch und bildet so eine neue Masche.

§ 9 Was das Garn, dessen man sich zum Stricken bedient betrifft, so ist diejenige das beste, welches reinlich, von gleicher Stärke, und nicht zu sehr gedreht ist. – Die Nadeln dürfen nicht zu kurz seyn, damit die Maschen nicht herabgleiten. Mann bediene sich also Englischer, welche alle von beträchtlicher Länge sind. – Ein gleicher Anzug der Maschen und eine lockere Leitung des Fadens und etwas starke Nadeln bei schwachem Garn geben ein elastisches, leichtes Gestricke. Beim Uebergange von einer Nadel zur anderen muß man etwas schwächer anziehen, weil sonst, wenn der Strumpf fertig ist, vier Streifen zu sehen sind, die nie, auch durchs Waschen nicht, wieder in die gehörige Form gebracht werden können.

Die Kunst zu Stricken. In ihrem ganzen Umfange; bearbeitet von Retto und Lehmann, Leipzig 1804

die Zugluft der Fenster stand eine spanische Wand. Für die Gehörigkeit der Speisen sorgte die Mutter schon selber und ließ sie durch keine Dienstleute bestellen. Als er größer war und herum gehen konnte, wählte sie nach bester Einsicht die Kleider. Zur Beschäftigung seiner Einbildungskraft, und daß sie ja nicht durch unliebliche Vorstellungen gepeinigt werde, brachte sie ihm allerlei Spielzeug nach Hause und trachtete dahin, daß das folgende immer das vorhergegangene an Glanz und Schönheit übertreffe. Allein hierin erlebte sie eine Verkehrtheit an dem Knaben, die sie sich ganz und gar nicht denken konnte; denn er legte alle die Dinge, nach kurzer Beschauung und einigem Spielen damit, wieder hin, und da er durch eine Seltsamkeit, die niemand begriff, immer lieber Mädchen- als Knabenspiele trieb, so nahm er alle Male den Stiefelknecht seines Vaters, wikelte ihn in saubere Windel ein, und trug ihn herum und herzte ihn.

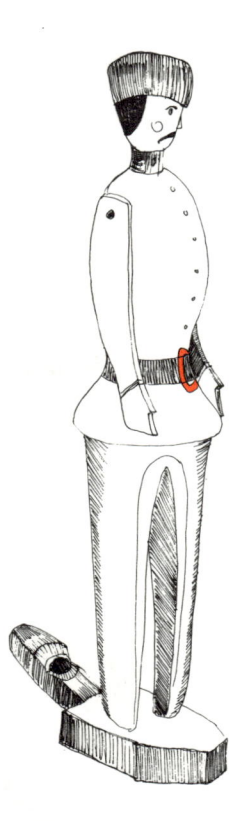

Drittens war der Hofmeister. Er bekam nehmlich einen solchen. Derselbe war ein sehr ordentlicher Mann, und wollte, daß alles in Gehörigkeit geschehe, ob nun die Ungehörigkeit einen Schaden bringe, oder nicht. Gehörigkeit an sich ist Zwek. Daher litt er nicht, daß der Knabe etwas weitschichtig erklärte, oder in abschweifenden Bildern vortrug; denn er, der Hofmeister, war in dem Stüke der Meinung, daß jedes Ding mit denjenigen Worten zu sagen sei, die ihm einzig noththäten, mit keinem mehr, mit keinem minder – am allerwenigsten, daß man Nebenumstände bringe und das nakte Ding in Windel wikle. Da nun der Knabe nicht reden durfte, wie Kinder und Dichter, so redete er fast, wie ein Recept, das kurz, kraus und bunt ist, und das niemand versteht. – Oder er schwieg und dachte sich innerlich allerlei zusammen, das niemand wissen konnte, eben weil

~ **Sammlung von Denksprüchen und praktischer Sprach-Übungen und unterhaltenden Geschichten für Kinder von 5 bis 10 Jahren zur Förderung zweckmäßiger Bildung des Gedächtnisses, Verstandes und Herzens.** Ableitungen und Combinationen: *Sprechen; e*in Wort *sprechen, auss*prechen*,* ein *Auss*precher*, auss*prechlich*,* un*auss*prechlich; für einen *sprechen,* ein *Führs*precher; die *Sprache* lernen, ein *Sprach*lehrer; kennen, die *Sprache* kennen, die Kenntniß, die *Sprach*kenntniß; kundigen, einer *Sprache* kundig seyn, *sprach*kundig; los, *sprach*los, *Sprach*losigkeit.¶ *Acht en;* die *Achtung,* hoch, die Hoch*achtung;* nicht, die Nicht*achtung; acht*sam, die *Acht*samkeit; *acht*bar, die *Acht*barkeit; be*obachten,* die Be*obachtung;* be*achten,* die Be*achtung*.¶ *Danken;* der *Dank, dank*bar, die *Dank*barkeit; un*dank*bar, die Un*dank*barkeit; *dank*sagen, die *Dank*sagung, *dank*vergessen.¶ Wortbildung: ab, an, auf, aus, be, bei, blos, der, durch; ein, ent, entgegen, er; fort, frei, für; ge, gegen, heim, her, herbei, hin, hinter; inne, irr; los; miß, mit; noch, nieder; ob; statt, über, um, un, unter, ur; ver, verab, vor; weg, wider; zer, zu, zusammen, zwischen.¶ Anwendung dieser Wortbildungen in Sätzen: *Reden;* Jedermann muß deutlich *reden.* Deine *Rede* sey immer der Wahrheit gemäß. Wer *redlich* handelt, den achtet man. *Redlichkeit* ist eine schöne Tugend. Ein *Redner* muß verständlich sprechen. Eine leere *Rede* taugt zu nichts. Man muß ›

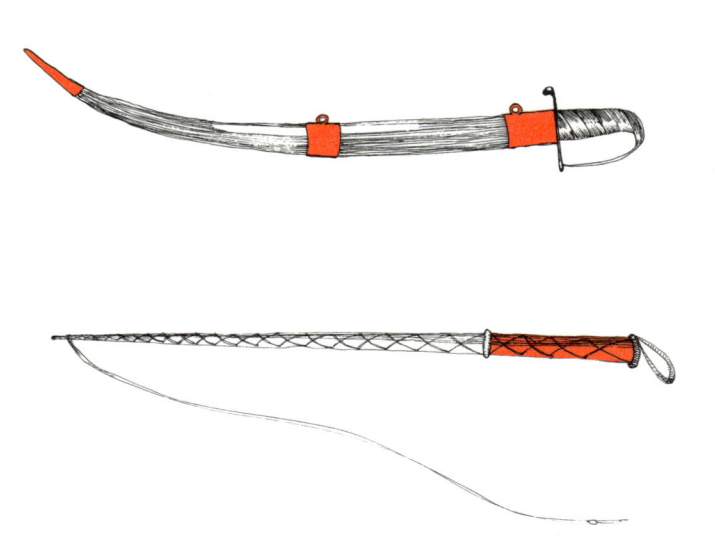

er es niemanden sagte. Er haßte alle Wissenschaft und alles Lernen, und konnte nur dazu gebracht werden, wenn der Hofmeister einen langen und bündigen Beweis über den Nuzen und die Vortrefflichkeit der Wissenschaften herbei führte, der den Knaben quälte. Wenn dieser dann nach fleißigen Tagen alles auf einmal hersagen wollte, wurden Dämme und Verschläge aufgebaut, und nur der dünne Wasserfaden der Hauptsache heraus gelassen. Da der Hofmeister wegen seiner Tacitus'schen Forderung kein Weib bekommen hatte, so blieb er recht lange in dem Hause.

Zum Vierten und Lezten war der Oheim. Derselbe war ein reicher, unverheiratheter Kaufmann in der Stadt; denn Vater und Mutter des Knaben lebten außerhalb derselben auf einem Gute. Obwohl nun die Eltern des Knaben selber reich genug waren, so war doch noch die Erbschaft des Oheims für denselben zu erwarten, und der Hagestolz hatte dies selber oft genug durch seine ausdrüklichen Erklärungen bestätigt. Er nahm sich daher die Befugniß heraus, mit an dem Knaben zu erziehen. Er schrie ihm Praktisches zu, und erklärte ihm deutlich, wenn er zu seiner Schwester auf das Landgut herauskam, wie man es bei dem Baumklettern, was aber der Knabe nie that, machen müsse, daß man die wenigsten Hosen zerreiße.

Ehe ich in der Geschichte weiter gehe, muß ich auch sagen, daß mein Freund unglüklicher Weise gar nicht Tiburius hieß. Er hatte den Vornamen Theodor; aber er mochte, als er herangewachsen war, noch so groß unter seine schriftlichen Aufgaben sezen: »Theodor Kneigt,« er mochte, als er später gar reiste, in die Fremdenbücher schreiben: »Theodor Kneigt,« es mochte auf allen Briefen, die an ihn kamen, stehen: »An den hochwohlgebornen Herrn Anderen von bösen Vorsätzen *abreden*. Wir nehmen die *Abrede*, uns am Thore zu treffen. Mit Anstand muß man andere *anreden*. Die *Anrede* war sehr zweckmäßig. Er wollte uns etwas *aufreden* (d. h. etwas Unwahres zu glauben machen). Er wollte mir die Sprache *aufreden*, ich kaufte die aber nicht. Einen Irrtum kann man andern *ausreden*. Es war nur eine bloße *Ausrede,* dass er zu viel Arbeit gehabt habe. Zu schlechten Dingen muß man sich nicht *bereden* lassen. Die *Beredung* zur Ausführung guter Vorsätze ist lobenswerth. *Rederei* über die Schwäche anderer ist ein Laster. Ich hörte einen Mann, der war sehr *beredsam*. Die *Beredsamkeit* trifft man nicht bei allen Menschen an. So sehr man sich auch Mühe gab, so ließ ich mir es doch nicht *einreden*. Auf seine *Einrede* konnte ich ihm sehr ausführlich antworten. *Einrederei* hat selten einen Nutzen. Es war alles so stille und ruhig, das er ungestört bis ans Ende *fortreden* konnte. Man hört oft ein *Gerede*, dem keine Wahrheit zum Grunde liegt. Kranke, die ein heftiges Fieber haben, hört man zuweilen *irrereden*. In alles *mitreden* wollen, ist oft eine Unart mancher Kinder. Was der Wahrheit und der Anständigkeit widerspricht, muß man nie *nachreden*. Eine üble *Nachrede* hatte sich bei seinem Weggang verbreitet. Bloße *Nachrede* ohne Ueberlegung zeigt wenig Verstand. Man muß sich nicht *überreden* lassen, sondern nach eigener Prüfung handeln. Durch *Ueberredung* hat mancher schon seine Pflichten übertreten. Sich mit einem Verständigen *unterreden*, erweitert unsere Kenntnisse und befeuert unseren Willen. Seine That war die Folge einer *Unterredung*. Eine Sache *verreden* (d. h. durch eine Art von Schwur sich selbst versprechen etwas zu unterlassen) pflegen nur die zu thun, die überhaupt keine Kraft, sich zu beherrschen, haben. Wenn die Zeit kommen wird, können wir uns schon mal *verabreden*. Der getroffenen *Abrede* zu folge, hatte ich manches zu besorgen. Man wollte ihm etwas *vorreden*, ihm seinen Schmerz vergessen zu machen, aber es gelang nicht. Manche *Vorrede* eines Buches, die überschlagen wird, verdiente, gelesen zu werden. Ihm wurde etwas befohlen, und er gehorchte ohne *Widerrede*. Er wollte es erst nicht thun, doch ließ er sich *zureden*. Durch *Zuredung* der Mutter nahm der Junge die bittere Arznei. Wenn viele *zusammenreden*, so kann man oft wenig verstehen.
Mustersammlung aus deutschen Klassikern, Leipzig 1822

~ **Allgemeiner Kalender für alle Bewohner des österreichischen Kaiserstaates.** Auf das Jahr der christlichen Zeitrechnung 1835, welches ein gemeines Jahr von 365 Tagen ist.¶ Enthaltend den verbesserten fünffachen Kalender für alle Religionsparteien des österr. Kaiserstaates, mit den vorzüglichsten astronomischen Angaben und Witterungsanzeigen und mit naturhistorischen Merkwürdigkeiten; – ferner eine Reihe interessanter Aufsätze wissenschaftlichen und artistischen Inhalts zur Belehrung und zur praktischen Anwendung, vorzüglich für Freunde des österreichischen Kaiserstaates; – mehrere der Unterhaltung und dem Vergnügen gewidmete Aufsätze; – eine vollständige Genealogie des österreichischen Kaiserhauses; – die genaue Uebersicht aller regierenden Fürsten in Europa mit statistischen Tafeln; – ein Verzeichniß der Messen und Jahrmärkte und viele sehr nützliche, möglichst genau berichtete Tabellen.¶ Belehrung und Unterhaltung – keines allein, sondern beide innig verbunden.

Theodor Kneigt,« – es half alles nichts; jedermann nannte ihn in der Rede nur »Tiburius« und die meisten Fremden, die sich in der Stadt aufhielten, meinten nach und nach, das schöne Landhaus, das an der Nordstrasse liege, gehöre dem Vater des Herrn Tiburius Kneigt. Der Name klingt so wirblich und steht in keinem Kalender.~ Die Sache kam aber so: weil der Knabe öfter so sinnend und grübelnd war, so geschah es, daß er in der Zerstreuung Dinge that, die lächerlich waren. Wenn er nun, um etwas von dem hohen Kleiderkasten herab zu holen, seine Kindertrommel als Schemel hinstellte – wenn er sich zum Spazierengehen seine Kappe ausbürstete, und dann die Kappe niederlegte und mit der Bürste fort ging – wenn er bei gräulichem Wetter sich beim Fortgehen noch vorher die Schuhe auf der vor der Thür liegenden Matte sauber abwischte – oder wenn er mitten im Salatbeete saß und zu Kazen und Käfern sprach: pflegte gerne der Oheim zu rufen: »Oho! Herr Theodor, Herr Turbulor, Herr Tiburius, Tiburius, Tiburius!« Und da dieser Name als der leichteste auch von andern nachgesagt wurde, kam er in der Familie auf, trug sich dann unversehens in die Nachbarschaft, und kroch von da, weil der Knabe ein reicher Erbe war, auf den alles schaute, wie Schlingkraut in das Land, und schlug endlich seine Wurzelhaken in der entferntesten Waldhütte fest. So entstand der Name Tiburius, und wie es zu geschehen pflegt, daß, wenn einer einen ungewöhnlichen oder gar lächerlichen Vornamen hat, ihn keine Seele mehr bei seinem Familiennamen nennt, sondern eben nur bei seinem lächerlichen Vornamen, so geschah es auch hier: alle Welt sagte Herr Tiburius, und

	Januar		Februar		Maerz		April		Mai		Junius
1.	Neujahr	1.	Brigitta	1.	Leontina	1.	Hugo B.†	1.	Philipp u. Jac.	1.	Juventius
2.	Makarius	2.	**Mariä Licht.**	2.	Simplicius	2.	Franz v. Paul	2.	Athanastius	2.	Erasmus B.
3.	Genovefa	3.	Blasius	3.	Kunigunde	3.	Richardus †	3.	Viola	3.	Clotilde K.
4.	Titus	4.	Veronica	4.	Casimir †	4.	Ambrosius †	4.	Florianus	4.	Quirinus
5.	Telsphor	5.	Agatha	5.	Eusebius	5.	Crescentia	5.	Gotthard	5.	Bonifacius
6.	**Heilig 3 Kön.**	6.	Dorothea M.	6.	Fridolin †	6.	Sixtus P.	6.	Joh. v. Dam	6.	Norbert.†
7.	Raimund	7.	Romuard	7.	Thomas v. A.†	7.	Hermann	7.	Stanislaus B.	7.	Robert
8.	Erhard	8.	Hieronymus	8.	Johannes	8.	Albrecht †	8.	Michael Ersch.	8.	Medardus
9.	Julianus	9.	Apollonia	9.	Franciscus	9.	Demetrius	9.	Georg v. Naz.	9.	Primus
10.	Paul	10.	Scholastika	10.	40 Märtyrer	10.	Ezechiel †	10.	Isidor	10.	Quart. M.†
11.	Eyginus	11.	Destderius	11.	Quat. d. H.†	11.	Leo X. P.†	11.	Mamertius	11.	Barnabas
12.	Ernestus	12.	Eulalia	12.	Gregor d. Gr.	12.	Julius	12.	Pancratius	12.	Joh. Fac.
13.	Agritius	13.	Katharina	13.	Rosina †	13.	Hermenegild	13.	Petrus Reg.	13.	Antonius v. Pad.
14.	Felix	14.	Valentin	14.	Mathilde †	14.	Bonifacius	14.	Bonifacius	14.	Meinrad
15.	Maurus	15.	Siegfried	15.	Clemens	15.	Anastasia †	15.	Sovhia	15.	Vitus
16.	Marcellus	16.	Juliana J.	16.	Heribert	16.	Bernadette	16.	Johann Nep.	16.	Francis. u. Qu.
17.	Anton	17.	Constantia	17.	Gertrudius	17.	Isadora	17.	Dietmar	17.	Rainerus
18.	Prisca	18.	Flavian	18.	Eduard †	18.	Wigbert	18.	Benant. M.	18.	Elisabeth
19.	Canutus	19.	Gabinus	19.	Josef v. Naz.	19.	Gerold	19.	Petrus Cel.	19.	Juliana
20.	Fabian u. Seb.	20.	Eleuther.	20.	Joachim †	20.	Hildegund	20.	Bernardin	20.	Silverius
21.	Agnes	21.	Eleonora	21.	Benedict †	21.	Anselmus †	21.	Felix Cant.	21.	Alois
22.	Vincenz	22.	Isabella	22.	Reinhilde	22.	Cai u. Got.	22.	Julia J.	22.	Achatius
23.	Mar. Verm.	23.	Eberhard	23.	Victorian	23.	Adalbert	23.	Desiderius	23.	Zeno M.
24.	Timotheus	24.	Matthias Ap.	24.	Gabriel †	24.	Georgius M.	24.	Esther	24.	Johannes Bapti.
25.	Pauli Benedikt	25.	Wallburga	25.	Verkü. d. Herrn	25.	Marcus Ev.	25.	Urbanus	25.	Prosper
26.	Polycarp	26.	Nestor	26.	Emanuel	26.	Helene	26.	Philipp v. N.	26.	Joh. und Paul
27.	Chrysostom.	27.	Leander	27.	Rupert †	27.	Peregrin	27.	Joh. Paulus	27.	Ladislaus †
28.	Carl Mag.	28.	Romanus A.	28.	Eustachius †	28.	Vital. u. B.	28.	Wilhelm	28.	Irenäus
29.	Franz v. Sal.			29.	Helmut	29.	Petrus M.	29.	Maximin. B.	29.	Peter u. Paul
30.	Martina			30.	Quirius	30.	Katharina v. S.	30.	Ferdinand	30.	Pauli Ged.
31.	Petrus N.			31.	Amos Pr.			31.	Mechthild		

14. Tiburtius M.

die meisten meinten, er heiße gar nicht anders. Es wäre nicht auszurotten gewesen, wenn man den wahren Namen auf alle Gränzpfähle des Landes geschrieben hätte.

Unter dem Einfluße seiner Erzieher wuchs Tiburius heran. Man konnte nicht sagen, wie er wurde: weil er sich nicht zeigte, und weil unter dem Erziehungslärm nur die Erzieher zu vernehmen waren, nicht das, was an dem Knaben davon haften blieb.

Als er beinahe zum Manne geworden war, fielen nach und nach in kurzer Zeit alle Erzieher hinweg. Zuerst starb der Vater, dann sehr schnell darauf die Mutter, der Hofmeister war in ein Kloster gegangen, und der lezte, den er verlor, war der Oheim gewesen. Er hatte von dem Vater das Familienvermögen geerbt, von der Mutter die einst bei ihrer Vermählung beigebrachte Mitgabe, und von dem Oheime das, was seit dreißig Jahren in dessen Handelschaft gearbeitet hatte. Der Oheim war kurz vor seinem Tode in den Ruhestand getreten, er hatte sein Geschäft in Geld verwandelt, und wollte sodann von den Renten desselben leben. Allein er war nicht mehr im Stande, sie zu genießen, sondern er starb und die Sache fiel an Tiburius. Herr Tiburius war also durch diese Umstände ein sehr reicher Mann, und zwar vorzüglich im Gelde, dessen Früchte zur Einsammlung die wenigste Mühe machen, nur daß man die Verfallszeit ruhig abwarte, dann darum hinschike, und sie hierauf verzehre. Was er von dem Vater erhalten hatte, bestand freilich zum Theile in dem Gute, das er eben bewohnte, aber in demselben lebte schon seit unvordenklichen Zeiten ein Altknecht, der das Gut verwaltete, und von demselben meistens sehr

Julius	August	September	October	November	December
1. Theodor	1. Peter Kett.	1. Agidius A.	1. Remigius B.	1. Allerheiligen	1. Eligius
2. Mariä Heims.	2. Eusebius	2. Stephan K.	2. Leodegar	2. Allerseelen	2. Bibiana
3. Eulogius	3. Stephan Ers.	3. Mansuetus	3. Candidus	3. Hubertus	3. Franz Xaver
4. Ulrich B.	4. Dominicus	4. Rosalia	4. Franz v.A.	4. Carlos Borr.	4. Barbara M..
5. Albrecht	5. Maria Schnee	5. Victorinus	5. Placidus M.	5. Emericxs	5. Sabas A.
6. Isaias Pr.	6. Christi Verklär.	6. Magnus	6. Bruno B.	6. Leonhard L.	6. Nikolaus
7. Willibaldus	7. Cajetanus	7. Regina	7. Justina M.	7. Engelbert	7. Ambrosius B.
8. Kilianus	8. Cyriacus	8. Mariä Geburt	8. Brigitta M.	8. Gottfried	8. Mariä Empf.
9. Briccius	9. Edith	9. Gorgonius.	9. Dionys	9. Theodor S.	9. Leocabis †
10. Amalia	10. Laurent	10. Diethard v. Tol.	10. Franz Borg.	10. Andreas Avell.	10. Melchiadius P.
11. Pius I. P.	11. Susanna	11. Aemilianus	11. Alexander	11. Martin B.	11. Damasus †
12. Felix	12. Clara J.	12. Maria Namen	12. Maximilian	12. Martin P.	12. Maxentius
13. Magaretha	13. Hippolit	13. Tobias	13. Kolomanus	13. Stanislaus K.	13. Lucia
14. Bonaventura	14. Eusebius †	14. Kreuzerhöhung	14. Calixtus	14. Jucundus	14. Spiridion
15. Apostel-Theil	15. M. Himmelf.	15. Hildegard	15. Theresia J.	15. Leopold	15. Jrenäus
16. Scapulirfest	16. Rochus	16. Qu. Ludmilla †	16. Gallus	16. Edmund B.	16. Qust. Eus.
17. Alerius B.	17. Liberatus A.	17. Lambertus	17. Hedwig K.	17. Gregor B.	17. Lazarus v. B.
18. Friedrich	18. Helena	18. Thomas v. B.†	18. Lukas	18. Eugenius	18. Gratianus †
19. Bernoltus	19. Ludov. T. B.	19. Constans †	19. Ferdinand	19. Elisabeth	19. Nemesius †
20. Margarita	20. Stephan K.	20. Eustach.	20. Felician	20. Felix von B.	20. Julius
21. Daniel Pr.	21. Johanna Fr.	21. Matthäus Ap.	21. Ursula	21. Maria Opf.	21. Thomas Ap.
22. Ma. Magdalena	22. Timotheus	22. Mauritius	22. Cordula	22. Cäcilia	22. Zeno
23. Liborius B.	23. Zachäus	23. Thekla M.	23. Joh. Capistr.	23. Clemens P.	23. Victoria †
24. Christina M.	24. Bartholo. A.	24. Joh. Empf.	24. Raphael E.	24. Joh. v. Kreuz	24. Adam u. Eva †
25. Jakob d.Ä.	25. Ludwig	25. Kleophas	25. Ludwig	25. Katharina	25. H. Christfest
26. Anna u. Joachim	26. Samuel	26. Justina	26. Evarist. P.	26. Konrad	26. Stephan M.
27. Pantaleon	27. Joseph Cal.	27. Vinzenz	27. Sabina	27. Vigilius	27. H Christfest
28. Innocentius	28. Augustinus	28. Wenzeslaus	28. Simon u. Judas	28. Sosthenes	28. Unschu. Kinder
29. Martha	29. Joh. Enthaupt.	29. Michael Erz.	29. Zenobius	29. Friedrich	29. Thomas B.
30. Abdon u. Seb.	30. Rebekka	30. Hieronymus	30. Claudis	30. Andreas Ap.	30. David Kön.
31. Ignaz v. Loj.	31. Raimund		31. Wolfgang †		31. Silvester

~ **Ob Weiber oder Männer inniger und beständiger lieben?** *Weiberfeinde schreien laut:* das schöne Geschlecht liebe nie mit so gänzlich treuer Ergebung als wir Männer; Eitelkeit, Vorwitz, Lust an Abenteuern oder körperliches Bedürfnis sei es nur, was sie hinreiße zu uns, und man dürfe nicht länger auf *Weibertreue* rechnen, als so lange wir eine von diesen Leidenschaften und Trieben nach Zeit und Gelegenheit befriedigen könnten; andre hingegen lehren gerade das Gegenteil und beschreiben mit den reizendsten Farben die Beständigkeit, die Innigkeit und das Feuer eines weiblichen, von Liebe erfüllten Herzens. Jene eignen dem Geschlechte viel mehr Sinnlichkeit und Reizbarkeit als edlere Gefühle zu und sagen, es sei nur Grimasse, wenn *Weiber* ihre Männer glauben machten, sie hätten ein sehr kaltes Temperament; diese hingegen behaupten: die reinste, heiligste Liebe, ohne Begehren, ja! Auf gewisse Art ohne Leidenschaft, diese göttliche Flamme, könne nur in weiblichen Seelen in ihrer ganzen Fülle wohnen. Wer von beiden Parteien recht hat, das mögen diejenigen entscheiden, denen eine größere Kenntnis des weiblichen Herzens, ein reiferes Alter und feinre Welterfahrung ein Recht geben, über den Charakter der Weiber kühler, unparteiischer, mit mehr Scharfsinn und mit gründlicherer Vernunft zu urteilen und, daß wir Männer an Treue und gänzlicher Hingabe in der Liebe wohl schwerlich die *Weiber* übertreffen können. Die Geschichte aller Zeiten ist voll von Beispielen der Anhänglichkeit, der Überwindung aller Schwierigkeiten und Verachtung aller Gefahren, mit welcher ein *Weib* sich an ihren Geliebten kettet. Ich kenne kein höheres Glück auf der Welt, als so innig, so treu geliebt zu werden. Leichtsinnige Gemüter findet man unter Männern wie unter Frauenzimmern; Hang zur Abwechslung ist dem ganzen Menschengeschlechte eigen; neue Eindrücke größerer Liebenswürdigkeit, wahrer oder eingebildeter, können die lebhaftesten Empfindungen verdrängen; aber fast möchte ich sagen, die Fälle der Untreue wären häufiger bei Männern als bei *Weibern,* würden nur nicht so bekannt, machten weniger Aufsehn; wir wären wirklich schwerer auf immer zu fesseln, und es würde vielleicht nicht schwerhalten, die Ursachen davon anzugeben, wenn das hierhergehörte.
Freiherr von Knigge: Ueber den Umgang mit Menschen, 1788

reichliche Zinsen ablieferte. So blieb es auch bei Herrn Tiburius. Derselbe hatte also wenigstens in dem Augenblike, da er das einzige Glied der Familie geworden war, nichts zu thun, als seine bedeutend großen Einkünfte zu verzehren. Er war von allen denjenigen, die bisher bei ihm gewesen waren, verlassen, und war recht hülflos.

Da die Umstände in der weiten Nachbarschaft bekannt geworden waren, gab es sehr viele Mädchen,~ welche den Herrn Tiburius geheirathet hätten, er erfuhr es auch immer, aber er fürchtete sich, und that es durchaus nicht. Er fing im Gegentheile an, für sich seinen Reichthum zu genießen. Er schaffte vorerst sehr viele Geräthe an, und sah auch darauf, daß sie schön seien. Hiebei wurden auch schöne Kleider, an Linnen und Tuch, dann Vorhänge, Teppiche, Matten und alles ins Haus gebracht. Auch war endlich jedes, was als gut zu essen oder zu trinken gepriesen ward, im Vorrathe und reichlich vorhanden. So lebte Herr Tiburius unter allen diesen Dingen eine Weile fort.

Nach Verfluß dieser Weile fing er an, die Geige spielen zu lernen, und da er einmal angefangen hatte, geigte er gleich immer den ganzen Tag, nur sah er darauf, daß die Dinge, die er spielte, nicht zu schwierig seien, weil er dann nicht unbeirrt fort geigen konnte.

Als er die Geige zu spielen wieder aufgehört hatte, malte er in Oehl. In der Wohnung, die er sich auf dem Landgute eingerichtet hatte, hingen die Bilder, die er verfertigt hatte, herum, und er hatte sich sehr schöne Goldrahmen dazu machen lassen. Es waren später manche nicht mehr fertig geworden, und die Farben trokneten auf den vielen Palleten ein.

Es geschahen indessen auch andere Dinge und es wurden viele Sachen herbei geschafft.

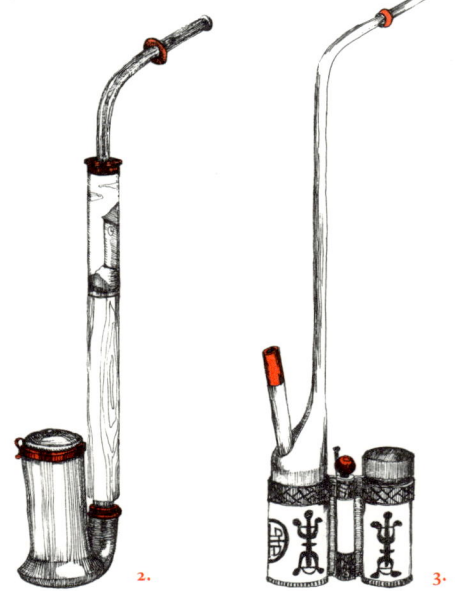

Herr Tiburius las in den Zeitungen sehr begierig die Bücherverzeichnisse, ließ dann Ballen kommen, und schnitt viele Stunden die Bücher auf. Zum Lesen hatte er sich ein feines breites ledernes Ruhebett machen lassen, auf dem er liegen konnte, oder er hatte auch einen Ohrsessel hiezu, oder er konnte an dem Stehpulte stehen, das so eingerichtet war, daß man es höher und niedriger schrauben konnte, damit er sich, wenn er genug gestanden war, auch davor niedersezen könnte. Er hatte eine Sammlung berühmter Männer angelegt, deren Köpfe in lauter gleiche schwarze Rahmen gethan, das ganze Gebäude schmüken sollten. Auch eine Pfeifensammlung hatte er, die später in schöne Schreine gethan werden sollte, jezt aber noch auf den Tischen lag. Beschläge, Röhre, Kettchen, Zündmaschinen, Tabakgefäße und Cigarrenfächer waren sehr kostbar gearbeitet. Er hatte eine sehr schöne Dogge aus England kommen lassen, die auf einem eigens hiezu verfertigten Lederpolster im Zimmer des Bedienten lag. Auch hatte er vier Pferde blos zu seinem ausschließlichen Gebrauche, falls er manchmal ausführe; darunter waren zwei Grauschimmel, die wirklich ausgezeichnete Thiere waren. Der Kutscher liebte sie außerordentlich und pflegte sie sehr gut. Zur Unruhe mehrten sich viele Dinge. Der neue Schlafsessel konnte nirgends gestellt werden, weil die alten noch die Pläze einnahmen, und die neuen Kästen, die er sehr fein gearbeitet, bestellt hatte, konnten, da sie ankamen, nicht aus ihren Kisten gepakt werden, weil man noch keinen Ort auszumitteln im Stande war, auf den sie zu stehen kommen sollten. Herr Tiburius hatte es auf zwölf Schlafröke gebracht, und der Uhrschlüssel waren unzählige geworden; deßgleichen, wenn er jeden Tag des Jahres einen andern Stok hätte nehmen wollen, falls er aus ging, hätte ihm einer gedient. Manchmal an einem schönen Sommer-

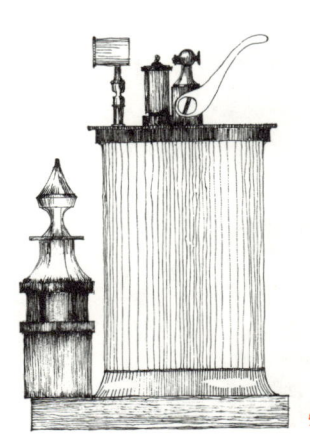

~ **Anleitung zum Gebrauche der elektrischen Zündmaschine. Des Mechanikus Joh. Gerzabeck.** Ich verfertige diese *Maschinen* in zweyerly ganz eigenen, dem Apparate entsprechenden Formen. 1. In der Form eines kleinen auf Säulen ruhenden Tempels; 2. In der Form einer Schatulle mit Verschluß.¶ Beyde Arten können sehr elegant dekorirt, auch mit Uhren verschiedener Art versehen werden, so dass sie zugleich ein schönes und bey noch mehrerer Bronz-Verzierung prächtiges Meubel bilden. So werde ich mich stets bestreben, das Nützliche mit dem Angenehmen zu verbinden, und des mir geschenkten Beyfalls, mich immer würdiger zu machen.¶ **Kurze Beschreibung und Beurteilung dieser elektrischen Zündmaschine:** Die *Maschine*, welche der Mech. Gerzabeck verfertigt, zeichnet sich vorzüglich durch die einfache Zusammensetzung des *Luftentbindungsapparates* aus. Dieses erleichtert die Füllung des Luftapparates ungemein, und setzt jeden Besitzer in den Stand, diese selbst zu verrichten. Mit einem Druck auf den mit dem Hahne des Luftrezipienten verbundenen Hebel wird die Glasscheibe mit der erforderlichen Geschwindigkeit umgedreht, der Hahn geöffnet, und durch die erregte *Elektrizität*, die der Conductor in mehreren Funken an die Mündung des Hahnes abgiebt, die ausströmende Luft entzündet. Der Hebel geht, sobald der Druck nachlässt, an seine vorige Stelle zurück, und verschließt von selbst wieder die Mündung. Durch diese Einrichtung und durch die Leichtigkeit, mit welcher die Elektrizität wiederholt erregt werden kann, ist die Erlangung des *elektrischen Funkens* und die Entzündung so gesichert, dass diese *Maschine* auch unter sehr ungünstigen Einflüssen ihrem Zwecke als *Lichtzünder* genügen wird. *Gerzabeck's Electrische Zündmaschine*, 1825

1. Meerschaumpfeife im ungarischen Stil 2. Porzellanpfeife 3. Chinesische Wasserpfeife 4. »Luminus«, Tischfeuerzeug 5. Döbereinerlampe 6. Tabaksbeutel

~ **Zittern.** Nennt man wellenförmige, rasch aufeinanderfolgende Bewegungen oder *Muskelzuckungen,* welche abwechselnd einige Bündel derselben befallen. Das Z. entsteht durch Zorn, Schreck, Furcht, Entsetzen, sowie durch Blutungen u.s.w. infolge Blutzirkulationsstörungen, d.h. die Verminderung des Blutgehaltes im Gehirn. Auch das Z. bei *Schüttelfrost* ist hierauf zurückzuführen, doch ist hier mehr die Qualität als die Quantität desselben verändert.¶ Kurvorschrift: Bei dem Z., welches infolge Schreck und Furcht entstand, ist eine erregende *Ganzpackung* oder *Bettdampfbad* mit darauffolgender 18° R[*éaumur*] (lauer) *Ganzabreibung* am Platze. Bei Z., welches infolge Zorn oder Blutdrang entstand, beruhigende *Dreiviertel-* oder *Ganzpackung,* ebenfalls mit nachfolgender *Ganzabreibung* oder 25° R. (lauwarmen) Bad.
F. E. Bilz: Das neue Heilverfahren, Dresden ca. 1895

~ **Augenschwanken.** Nicht selten tritt eine eigentümliche Erkrankung des Zentralnervensystems auf, die *Gehirn* und *Rückenmark* gleichmäßig zu befallen pflegt (*Sklerose*). Die damit verbundenen Veränderungen setzen sich aus Wucherung des Nervenstützgewebes, Verdikkung der Blutgefäße und Schwund der eigentlichen Nervenelemente zusammen. Das Leiden kommt am häufigsten im mittleren Lebensalter vor und kann sich über viele Jahre hinziehen. Über die Ursachen ist nichts Sicheres bekannt. Das Gesamtbild ist sehr charakteristisch und weist fast immer drei Symptome auf: *Störungen der Sprache, der Augen* und *der Bewegung.* Die *Sprache* wird langsam, schleppend, fast lallend, eintönig und, was besonders auffällt, die einzelnen Worte werden nicht im Zusammenhang gesprochen, sondern in Silben zerlegt, die stoßweise herausgebracht werden. Am Auge zeigen sich ebenfalls abnorme Erscheinungen, die man als Nystagmus oder **A.** bezeichnet. Sobald die Kranken ihre Blicke auf einen Gegenstand richten, fangen die Augäpfel an zu *zucken* und zwar um so stärker, je mehr sich die Augen nach außen bewegen. Daneben kommt nicht selten Doppelsehen und eine abnehmende Sehfähigkeit vor.¶ Von besonderem Charakter sind die Bewegungsstörungen, die nur eintreten, wenn beab- ›

abende, wenn er durch das Glas seiner wohlverschlossenen Fenster in den Hof hinab schaute, und die Knechte mit einer Fuhr Heu oder mit einem Garbenwagen herein kommen sah, konnte er sich recht ärgern, wie denn dieser Schlag Menschen in seiner leichtsinnigen rohen Lustigkeit in den Tag hinein lebe, sich um nichts bekümmere, und unter dem Thorwege die Heugabeln und Hemdärmel schüttle.

Endlich mußte er sichs eingestehen, daß er krank sei. Es waren sonderbare Sachen vorhanden. Wenn man auch von dem Zittern~ der Glieder, dem Schwanken der Augen~ und der Schlaflosigkeit~ nicht reden wollte, so war etwas anderes Außerordentliches da. Wenn er nehmlich in der Abenddämmerung von einem Spaziergange nach Hause kam, traf es jedes Mal unabweislich und ohne Ausnahme ein, daß ein seltsamer Schatten wie ein Käzchen neben ihm über die Stiege hinauf ging. Nur über die Stiege, sonst nirgends. Dies griff seine Nerven ungemein an. Er hatte genug gelesen, er hatte Bücher, in denen die alte und neue Weisheit stand; aber was zwei leibliche Augen sehen, das muß doch in Wahrhaftigkeit da sein. Und je unglaublicher den Menschen, die um ihn waren, der Gedanke vorkam, desto ernster und ruhevoller behauptete er ihnen die Sache in das Angesicht, und lächelte über sie, wenn sie sie nicht begriffen. Er ging deßhalb am Abende nie mehr nach Hause, sondern immer früher.

Nach einiger Zeit ging er überhaupt nicht mehr aus dem Hause, und schritt in dem Zimmer und in den Gängen mit den gelbledernen herabgetretenen Pantoffeln herum. In jene Zeit fiel es auch, daß er einen Band Gedichte, die er noch bei Lebzeiten seiner Eltern gemacht und sauber abgeschrieben hatte, behutsam in ein geheimes Fußbodenfach unter seinem Bette verbarg, daß ihm niemand darüber komme. Auf seine Leute wurde er stets aufmerksamer, daß jeder

Hausdampfbäder
1. *Fußdampfbad*
2. *Kopfdampfbad*
3. *Rohrstuhldampfbad zum Sitzen*

1.

seiner Befehle auf das Strengste vollführt würde, und er heftete dabei, so lange sie um ihn waren, immer seine Augen auf sie.

Endlich ging er nicht nur nicht mehr aus dem Hause, sondern gar nicht mehr aus seinem Wohnzimmer. Er ließ einen großen Stehspiegel in dasselbe tragen, und betrachtete seine Gestalt. Nur des Nachts ging er in sein Schlafzimmer, das daneben war, und legte sich ins Bett. Wenn noch gelegentlich ein Besuch aus der Ferne oder aus der Stadt kam, wurde er bei dem Verweilen desselben ungeduldig, trieb ihn beinahe fort, und schloß hinter ihm die Thür ab. Er sah wirklich übler aus: er bekam sogar Falten in dem Angesichte, und wenn er so auf und ab ging, hatte er meistens lange Bartstoppeln auf dem Kinne, wirrige Haare auf dem Haupte, und den Schlafrok wie ein Büßerhemd um die Lenden. Nach einer Zeit ließ er Flanelstreifen auf die Fensterfugen nageln und die Thüren verpolstern. Auf das Zureden und Dringen seiner Freunde, deren noch mehrere zu haben sich Herr Tiburius nicht erwehren konnte, wurde er nur spöttisch, und gab nicht undeutlich zu verstehen, daß er sie für dumm halte, und daß es eigentlich am besten wäre, wenn sie ganz und gar nie mehr bei ihm erschienen. Dieses Leztere geschah auch endlich, und es kam keiner mehr zu ihm. Der Mann war nunmehr einem Thurme zu vergleichen, der sauber abgeweißt und überall verpuzt wird, so daß ihn die Mauerschwalben und Spechte, die ihn sonst allseits umflogen hatten, verlassen müssen. Der Schwarm ist verflogen, und der Thurm steht allein da. Herr Tiburius war über dieses Ereigniß eigentlich freudig, und er rieb sich seit langer Zeit zum ersten Male die Hände; denn er konnte nun ungestört an etwas gehen, was er schon öfter gewollt hatte, wozu er aber nie gekommen war. Er hatte nehmlich, obwohl seine Krankheit als erwiesen da stand, noch nie

sichtigte Bewegungen ausgeführt werden. Will der Kranke beispielsweise einen Gegenstand ergreifen und streckt zu diesem Zweck die Hand aus, so gerät diese in hochgradiges *Zittern,* das schließlich in förmliches *Schütteln* ausartet. Was er auch unternehmen mag, und welche Teile des Körpers er auch dazu benutzen will – stets stellen sich diese *Zitter-* und *Schüttelbewegungen* ein, durch welche die Kranken natürlich unerträglich geplagt werden, da sie jede Tätigkeit hochgradig erschwert oder ganz unmöglich macht. In vielen Fällen ändern sich die *geistigen Fähigkeiten* in erheblichem Maße. Die Kranken werden *stumpf* und *gleichgültig* und sehen teilnahmslos vor sich hin. Nicht selten entwickelt sich völlige *Verblödung* daraus. An den *Beinen* treten häufig krampfartige *Muskelspannungen* auf, durch welche das Stehen hochgradig erschwert wird. Eine fast ständige Begleiterscheinung sindt *Schwindelanfälle.* Die Behandlung besteht in Anwendung von *Elektrizität, Massage, Gymnastik,* überhaupt der physikalischen Heilmethoden. Eine Heilung ist jedoch nicht zu erwarten.
Die Ärztin im Hause, Wien ca. 1895

~ **Schlaflosigkeit. Behandlung durch Hausmittel**
Ehrenpreis, Schafgarbe oder starker *Baldrian* mit Honigzusatz. (Reiner Bienenhonig ist eines der besten Schlafmittel). Vor dem Schlafengehen ein Glas *Honigwasser* oder *Zuckerwasser, Buttermilch* oder *saure Milch* (Milchsäure ist ein gutes Schlafmittel), gut gekaute *Äpfel* zu sich nehmen.¶ Eine *kalte Auflage* auf den Leib. Ein Handtuch vierfach zusammengelegt, in Essigwasser getaucht und ausgedrückt, darüber ein Wolltuch. Vor dem Schlafengehen kurzes *Luftbad* oder *Tiefatmen* bei Tag. Auch *Baldrian, Apfelsinentinktur,* 25 Tropfen. Sehr empfehlenswert, den Kopf auf ein mit frischem *Hopfen* oder *Tannennadeln* gefülltes Kissen zu legen. Auch ein gutes Mittel, um Schlaf herbeizuführen, sind *heiße Kompressen,* die man – möglichst dick gefaltet – in den Nacken legt. Oft genügt schon eine einzige derartige Kompresse, mehr als drei sind kaum je erforderlich, um den ersehnten Schlaf herbeizulocken.
Die Ärztin im Haus, Wien ca. 1895

2.

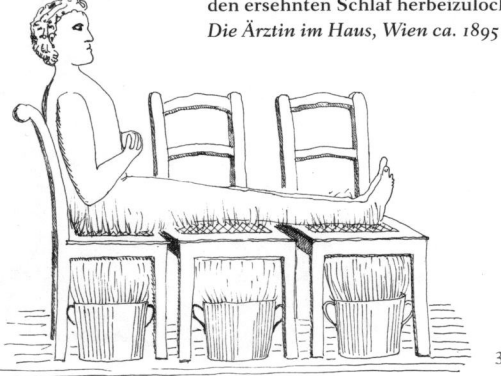

3.

~ **Die Behandlung von Krankheiten durch Hausmittel bey Schwindelanfällen.** *Anserin, Kümmel, Ehrenpreis, Baldrian* zu gleichen Teilen kochen lassen, täglich zwei Tassen (schluckweise), heiße *Fuß-* oder *Fußdampfsitzbäder*.¶ Bey **Atembeschwerden.** *Arnika, Herzgespann, Weissdorn*.¶ Bey **Allgemeinem Schwächegefühl** unter Frost oder Frösteln und nachfolgendem Fieber, Schmerzempfindung in den Gelenken, Appetit- und Schlaflosigkeit, Halsschmerz, Husten. Zuerst trinke man recht warmen Tee von *Salbei, Tausendglüldenkraut* und *Fenchel*, je 3 g (ein Teelöffel), *Lindenblüten* oder *Himbeere, Minze* je 4 g (ein Eßlöffel). Nachdem der Schweiß ausgebrochen, warmes Verhalten. Bettruhe mit einigen erregenden *Ganzpackungen* ist zu empfehlen (20° R.) von anderthalb Stunden Dauer. Man trinke auch *Schafgarbentee*, dem noch *Huflattich* und *Spitzwegerich* zu gleichen Teilen zugesetzt werden kann.¶ **Herzklopfen.** In diesem Affect ist das diätische Verhalten, wie die Cur, auf die besondere Ursach zu setzen. Insgesamt dienet: 1. Unter den Brühen die *Scorbutischen Kräuter* mit zu geniessen, um des Geblüts Reinigung zu befördern. 2. Es dienet auch genügsames Trinken; weil ein dickes Blut zu ängstigen, stokkenden und zitternden Bewegungen des Herzens sehr disponirt. 3. Eine gelinde beständige Bewegung des Leibs ist sehr vorträglich, das Geblüt in seinen gleichen Umlauf zu erhalten. Denn bey vielem Sitzen verdickt sich das Geblüt; welches hernach bey weniger schneller Bewegung sich sehr auftreibt. 4. Gemüths-Affecten sind hier sehr empfindlich. Eine ruhige vergnügte Lebensart benimmt gar bald viel von solcher Maladie. 5. Unter den ordentlichen Reinigungen des Leibes ist sonderlich auf die Beförderung des Stuhlgangs zu sehen. Wie das gewohnte Aderlassen nicht zu unterlassen. *Joh. Samuel Carl: Von der Diät, 1728*

Heimische Heilpflanzen:
1. Arnica *Arnica montana* 2. Spitzwegerich *Plantago lancelota* 3. Löwenzahn *Taraxacum officinale* 4. Brennessel *Urtica dioica*

etwas gegen sie gebraucht, weder hatte er einen Arzt holen lassen, noch hatte er sonst ein Mittel dagegen angewendet. Jezt beschloß er sich selber zu behandeln. So wie der Altknecht seit jeher schon die Bewirthschaftung des Gutes führte, mußte nun der Bediente die Kleiderkammer übernehmen, der Schaffner erhielt die Geräthe, der Verwalter das Vermögen, und er, der Herr, hatte kein anderes Geschäft, als sich zu heilen.

Um den Zwek völlig zu erreichen, schaffte er sich sofort alle Bücher an, die über den menschlichen Körper handelten. Er schnitt sie auf und legte sie in Stössen nach derjenigen Ordnung hin, nach der er sie lesen wollte. Die ersten waren natürlich die, die über die Beschaffenheit und Verrichtungen des gesunden Körpers handelten. Aus ihnen war nicht viel zu entnehmen, aber sobald er zu den Krankheiten gekommen war, so war es ganz deutlich, wie die Züge, die beschrieben wurden, in aller Schärfe auf ihn paßten, – ja sogar Merkmale, die er früher nicht an sich beobachtet hatte, die er aber jezt aus dem Buche las, fand er ganz klar und erkennbar an sich ausgeprägt und konnte nicht begreifen, wie sie ihm früher entschlüpft waren. Alle Schriftsteller, die er las, beschrieben seine Krankheit, wenn sie auch nicht überall den nehmlichen Namen für sie anführten. Sie unterschieden sich nur darin, daß jeder, den er später las, die Sache noch immer besser und richtiger traf, als jeder, den er vorher gelesen hatte. Weil die Arbeit, die er sich vorgestekt hatte, sehr umfangreich war, so blieb er bedeutend lange Zeit in dem Geschäfte befangen, und hatte keine andere Freude, als die, wenn man das überhaupt eine Freude nennen darf, daß er manchmal seinen Zustand so außerordentlich und unglaublich treu angegeben fand, als hätte er ihn dem Manne selber in die Feder gesagt.

1.   2.

Drei Jahre hatte er sich behandelt, und er mußte zuweilen den Plan der Behandlung wechseln, weil er nach und nach zu einer bessern Einsicht gelangte. Endlich war er so schlecht geworden, daß er alle Merkmale aller Krankheiten zu gleicher Zeit an sich hatte. Ich führe nur einige an: er hatte jezt einen kurzen Athem; denn er konnte, wenn er der Vorschrift eines Buches zu Folge doch an einem Sommertage in den Garten ging, nicht weit gehen, ohne müde zu werden und sich zu erhizen~ – die rechte Schläfe pochte ihm zuweilen, und zuweilen die linke – wenn der Kopf nicht brauste und Müken flogen, so war die Brust gepreßt oder stach die Milz – er hatte die wechselnden Fröste~ und die ziehenden Füße der Nervenkrankheiten – die plözlichen Wallungen deuteten auf Erweiterung der Blutgefäße – und so war noch Vieles. Er konnte jezt auch nie mehr ordentlich hungrig~ werden, wie einst so köstlich in seiner Kindheit, obwohl er statt dessen eine falsche Begehrungsempfindlichkeit hatte, die ihn stets reizte, alle Augenblike zu essen.

So weit war es mit Herrn Tiburius gekommen. Manche Menschen hatten Mitleiden mit ihm, und manches Mütterlein sagte sogar voraus, er werde es nicht lange mehr treiben. Aber er trieb es doch noch immer fort. Zulezt redete man gar nicht mehr von ihm, weil er doch nicht sterben konnte; sondern nahm ihn als einen hin, der eben ist, wie er ist; oder man sprach von ihm blos in der Art, wie man von einem spricht, der schon einmal etwas Ungewöhnliches~ an sich hat, wie zum Beispiele einen schiefen Hals, oder schreklich schielende Augen, oder einen Kropf. Mancher, wenn er an dem Landhause mit den verschlossenen Fenstern vorüber ging, schaute hinauf und dachte, wie er doch das Vermögen da oben, wenn er es hätte, so ganz anders genießen würde, als der verworrene Herr. Die lange Weile und

3. 4.

~ **Bey übermässigem Schwitzen:** *Brennessel, Eiche, Kamille, Salbei, Weide.*¶ **Belebende Mittel:** *Boretsch, Enzian, Esche, Kamille, Melisse, Sanddorn.*¶ **Schweisstreibende Mittel:** *Himbeere, Holunder, Klette, Linde, Löwenzahn, Stiefmütterchen.*

~ **Bey körperlicher Erschöpfung:** *Enzian, Ginseng, Hafer, Heidelbeere, Sandorn, Tausendgüldenkraut*¶ **Bey nervlicher Erschöpfung:** *Baldrian, Melisse, Schafgarbe, Stiefmütterchen, Chinabaum, Lavendel.*

~ **Appetitlosigkeit.** Schon Gemütsbewegungen wie Gram, Schreck oder Furcht können eine A. zur Folge haben, so stellt sie sich mit Sicherheit bei fast allen Erkrankungen ein, wenn die *Verdauungsorgane* in Mitleidenschaft gezogen sind.¶ **Appetit anregende Mittel:** Sie können eine mangelhafte Verdauung unterstützen, aber keins vermag den Magen zu »stärken«. Fasten und strenge Diät wirkt am besten.¶ Als Tee wird *Trausendgüldenkraut* empfohlen; auch kann feingeschnittener frischer *Wermut* auf Butterbrot genossen werden. Das einfachste Mittel ist der Genuß eines Glases lauwarmen Salzwassers in nüchternem Zustande.
Die Ärztin im Hause, Wien ca. 1895

~ **Über den Umgang mit Eigensinnigen.** Eigensinnige Menschen sind viel schwerer zu behandeln als sehr empfindliche. Noch ist mit ihnen auszukommen, wenn sie übrigens verständig sind. Sie pflegen dann, insofern man ihnen nur in dem ersten Augenblicke nachzugeben scheint, bald von selbst der Stimme der Vernunft Gehör zu geben, ihr Unrecht und die Feinheit unsrer Behandlung zu fühlen und wenigstens auf eine kurze Frist geschmeidiger zu werden; ein Elend aber ist es, Starrköpfigkeit in Gesellschaft von Dummheit anzutreffen und behandeln zu müssen. Da helfen weder Gründe noch Schonung. Es ist da mehrenteils nichts weiter zu tun, als einen solchen steifsinnigen Pinsel blindlings handeln zu lassen, ihn aber so in seine eigenen Ideen, Pläne und Unternehmungen zu verwickeln, daß er, wenn er durch übereilte, unkluge Schritte in Verlegenheit gerät, sich selbst nach unsrer Hilfe sehnen muß. Dann läßt man ihn eine Zeitlang zappeln, wodurch er nicht selten demütig und folgsam wird und das Bedürfnis, geleitet zu werden, fühlt. Hat aber ein schwacher, eigensinniger Kopf von ungefähr ein einzigmal gegen uns recht gehabt oder uns über einen kleinen Fehler erwischt, dann tue man nur Verzicht darauf, ihn je wieder zu leiten. Er wird uns immer zu übersehn glauben, unsrer Einsicht und Rechtschaffenheit nie trauen; und das ist eine höchst verdrießliche Lage. Nur in ›

sehr wenig eiligen oder sonst höchst wichtigen Fällen kann es nützlich und nötig sein, Eigensinn gegen Eigensinn aufzuspannen und schlechterdings nicht nachzugeben. Doch geht alle Wirkung dieses Mittels verloren, wenn man es zu oft und bei unbedeutenden Gelegenheiten oder gar da anwendet, wo man unrecht hat. Wer immer zankt, der hat die Vermutung gegen sich, immer unrecht zu haben; es ist also weise gehandelt, den andern in diesen Fall zu setzen.
Freiherr von Knigge: Ueber den Umgang mit Menschen, 1788

Breda-Hahn *Gallus d. corvirostris*

~ **Luftbad.** Es hat den großen Wert, seinen *Körper* hin und wieder von der Luft umfächeln zu lassen.¶ Im Sommer in seinem Zimmer oder Kämmerlein mit ganz entblößtem *Körper* täglich ein bis zweimal je 5 – 10 Minuten bei weitgeöffnetem *Fenster* und wenn es angängig auch bei geöffneter *Türe* heilgymnastische *Übungen* vornehmen. Im Winter im geheiztem Zimmer. Dieses primitive L. ist schon eine Wohltat für den Menschen und es wird manche Krankheit dadurch verhütet.¶ Besonders möchte ich noch jedermann raten, insbesondere auch Kindern, sich des Nachts ganz entblößt in ihr *Bett* zu legen. Schon in ganz kurzer Zeit gewöhnt man sich daran, und wird viel eher warm, als wenn man mit Hemd und Unterhose bekleidet oder nur halb ausgezogen sich ins *Bett* legt. Denjenigen Personen, die schon immer *Hautpflege* getrieben, wird dies halb zum Bedürfnis werden.
F. E. Bilz: Das neue Heilverfahren, Dresden ca. 1895

18

die Oede hatte ihre breite Fahne über das Landhaus des Herrn Tiburius ausgebreitet, im Garten standen die einförmigen Arzneikräuter, die er pflanzen zu lassen angefangen hatte, und ein Schalk behauptete, die Hähne krähten viel trauriger innerhalb der Gemarkungen seines Hofes als anderswo.

Somit wären wir denn so weit gelangt, das Elend des Herrn Tiburius einzusehen – wir gehen nun zu dem freudigern Ereigniß über, wie er wieder aus diesem Abgrunde heraus gekommen, und alles das geworden ist, was wir am Eingange dieser Geschichte so rühmlich von ihm erwähnt haben.

Da war ein Mann in der Gegend, von dem die Leute ebenfalls sagten, daß er ein großer Narr sei. Von diesem Manne ging plözlich das Gerücht, daß er den Herrn Tiburius behandle. Der Mann war allerdings ein Doctor der Heilkunde, aber er heilte nichts, obgleich viele sein schriftliches Befugniß hiezu gesehen hatten; sondern er war eines Tages in die Gegend gekommen, hatte ein schlechtes Bauernhaus, dessen Besizer im Abwirthschaften begriffen war, sammt Garten, Feldern und Wiesen gekauft, baute das Haus um, und trieb Landbau und Obstzucht. Wenn aber doch einer zu ihm kam, der ein Uebel hatte, so gab er ihm keine Arznei, sondern schikte ihn fort, und verschrieb ihm viel Arbeit, ein besseres Essen, als er bisher hatte, und ein angelweites Oeffnen aller Fenster ~ seiner Wohnung. Da nun die Leute sahen, daß er mit der Doctorei nur Schalksnarrheit treibe, und statt der Mittel nur lauter natürliche Dinge verordne, kam keiner mehr zu ihm, und sie ließen ihn fahren. Hinter seinem Hause hatte er ein ganzes Feld voll ruthendünner Bäumchen, auf die er sehr achtete, und in einem gläsernen Gebäude standen auch Ruthen mit grünen ledeglänzenden Blättern, die niemand kannte. So wie nun ein Narr den Andern anzieht, sagten sie, hätte Herr Tiburius zu dem einzigen Manne Vertrauen, und nehme von ihm Mittel.

Das war aber eigentlich nicht wahr, sondern die Sache verhielt sich so: da Herr Tiburius sich um alles, was Arzneiwissenschaft angeht, sehr bekümmerte, meinten seine Leute ihm einen Gefallen zu thun, wenn sie ihm von dem neuen Doctor erzählten, der das Querleithenhaus gekauft habe und nun dort wirthschafte. Der Zimmerdiener des Herrn Tiburius sprach ein paar Male davon, ohne daß der Herr Tiburius sonderlich darauf achtete; aber wie der Himmel zuweilen ganz wunderliche Wege einschlägt, damit sich das Schiksal eines Menschen erfülle, geschah es auch hier, daß Herr Tiburius in einer Schrift des alten nun bereits schon seit langer Zeit seligen Haller auf eine Stelle gerieth, die offenbar einen Widerspruch in sich enthielt, das heißt, in so ferne offenbar, als man ein Arzneigelehrter ist – für einen andern war die Rede weder so noch so verständlich – in so ferne aber doch wieder nicht ganz offenbar, als es zweifelhaft war, ob man ein Arzneigelehrter sei, oder nicht. In diesen Zweifeln, die den Herrn Tiburius quälten, fiel ihm wieder wunderbarer Weise der neuangekommene Doctor ein, obwohl sein Diener schon lange nicht mehr von ihm gesprochen hatte. Hier müssen wir aber der geschichtlichen Wahrheit die Ehre geben und bekennen, daß der Mann dem Herrn Tiburius gerade darum eingefallen ist, weil er von den Leuten ein Narr genannt wurde; denn Herr Tiburius hatte ganz eigene Ansichten von der Narrheit, und der Mann wurde ihm darum merkwürdig. Allein wenn Leute, wie Herr Tiburius, auf etwas denken, so bleibt es gewöhnlich bei dem Gedanken. Bei Herrn Tiburius mußte es auch eine Weile so geblieben sein, bis er einmal plözlich befahl, daß man den geschlossenen Wagen anspannen solle, er werde zu dem Doctor

Huflattich *Tussilago farfara*

~ **Albrecht von Haller.** 1708 in Bern geboren, entstammte einer alten Berner Familie. Er wurde von diversen Hauslehrern unterrichtet und betrieb eigenständige Sprachstudien, er konnte fast alle europäischen Sprachen lesen und schreiben. 1723 ging er zum Studium der Naturwissenschaften und Medizin nach Tübingen. 1725 wechselte er nach Leiden und promovierte dort. 1727 bereiste er England und Frankreich, um sich an berühmten Spitälern und Lehranstalten fortzubilden.
1728 kehrte er in die Schweiz zurück und studierte in Basel Mathematik und Botanik. Seine erste botanische Studienreise in die Alpen fiel in diese Zeit. 1729 kehrte er nach Bern als praktizierender Arzt zurück. 1736 Berufung an die neu gegründete Universität Göttingen, auf den Lehrstuhl für Anatomie, Chirurgie und Botanik. Legte eben da den Botanischen Garten an. Wurde zum Ehrendoktor sowie zum Großbritannischen Leibarzt ernannt.
1749 folgte die Erhebung in den Adelsstand. 1747 übernahm er die Leitung der »Göttingischen Gelehrten Anzeigen«, die er rasch zu einem führenden Rezensionsorgan machte. 1753 beschied ihm das Los die Stelle eines Berner Rathausamtmanns, so kehrte er in seine Vaterstadt zurück und wurde dort Schulrat und Vorsteher des Waisenhauses. 1758, nach Ablauf seiner Berner Amtszeit, wurde er zum Direktor der Salzbergwerke von Roche ernannt. Die Universität Göttingen bot ihm den Posten eines Kanzlers an. Seine Familie wünschte jedoch sein Bleiben in der Schweiz, so nahm er die Stelle nicht an. Seine letzten Lebensjahre waren von Melancholie und Krankheit geprägt. Er starb am 12. 12. 1777 in Bern.

im Querleithenhause hinüber fahren. Seine Leute staunten, wie er sich bei seiner schweren Krankheit in die Luft und in das Wagenrütteln hinaus wagen könnte, da er doch reich genug war, um sich diesen Doctor und noch zehn andere in das Haus kommen zu lassen. Allein Herr Tiburius sezte sich in den Wagen und fuhr in die Querleithen hinüber.

Er fand den Doctor in Hemdärmeln und einen breiten gelben Strohhut auf dem Haupte im Garten, wo er heftig arbeitete. Der Doctor war ein nicht gar großer Mann, mit lauter grober ungebleichter luftiger Leinwand bekleidet. Er sezte ein wenig von seiner Arbeit aus, als er den Wagen an seinen Garten heran fahren sah, und blikte mit dunkeln feurigen Augen darnach hin. Herr Tiburius, gegen die Luft mit einem sehr diken Anzuge verwahrt, stieg aus dem Wagen und ging auf den erwartenden Mann zu. Er sagte, da er vor ihm in dem Gartengange stand, er sei sein Nachbar Theodor Kneigt, er gebe sich viel mit Wissenschaften ab, insbesondere mit der Arzneikunde. Vor mehreren Wochen sei er im Haller~ auf eine Stelle gerathen, welcher er mit seinen Kräften allein nicht völlig Herr werden könne, darum sei er zu ihm, den der Ruf als einen in diesen Dingen kundigen Mann verkünde, herüber gefahren, und bitte ihn, daß er mit Aufopferung einiger Minuten seiner Zeit ihm mit einem Rathe in der Sache beispringen möge.

Auf diese Anrede erwiederte der kleine Doctor, er lese veraltete Schriften, wie den Haller, gar nicht, er doctere jezt auch ganz und gar nicht mehr, er wisse auch nur in ganz wenigen Fällen zuverlässige Mittel anzugeben, und er wende die Kunde, die er über Dinge des menschlichen Körpers habe, blos dazu an, daß er sich selber ein Leben verschreibe, welches seinem Körper das bei Weitem nüzlichste

Azalea Gigantaflora

und heilbringendste sei. Deßhalb habe er die Hauptstadt verlassen und sei so weit auf das Land heraus gegangen, daß er hier das gesündeste Leben führe und das höchste Alter erreiche, welches überhaupt der Zusammenstimmung der Elemente seines Körpers möglich sei. Wenn übrigens der Herr Nachbar den Haller bei sich habe, so könnte man ja die Stelle ansehen und einen Versuch wagen, was aus ihr heraus zu bringen sei, was nicht.

Herr Tiburius ging auf diese Rede zu seinem Wagen, zog den Haller aus der Tasche desselben, und kam mit ihm wieder zu dem kleinen Doctor zurück. Dieser führte seinen Herrn Nachbar in ein Gartenhaus, dort blieben die Männer einige Zeit, und als sie wieder daraus hervor gingen, hatte Herr Tiburius die Genugthuung, daß der fremde Doctor über die Stelle im Haller das nehmliche dachte und sagte, wie er. Der Doctor sagte, nachdem das eigentliche Geschäft abgethan war, zu Herrn Tiburius, er habe zwar ein junges sehr schönes Weib, es sei auch gewöhnlich Sitte, daß man einen Gast und Nachbar, der den ersten Besuch mache, zu der Frau des Hauses führe; allein er wisse nicht, ob der Herr Nachbar seinem Weibe nicht widerwärtig sein könnte; denn es ist unter seinen Grundsäzen auch der obenan, daß seine Gattin, so wie er, in allen nicht zur Ehe gehörigen Dingen die völligste Freiheit zu handeln haben müsse; darum werde er sein Weib fragen, und wenn der Herr Nachbar wieder einmal komme, werde er ihm sagen können, ob er ihn zu ihr führen werde, oder nicht.

Hierauf erwiederte Herr Tiburius, er sei wegen des Hallers herüber gekommen, das sei abgethan und es sei gut.

Deßohngeachtet zeigte ihm der Doctor noch flüchtig seine Anlagen, wo er die Camellienhäuser habe, wo er seine Rhododendern,

~ **Kleine Gefälligkeiten gegen Personen, die unter, neben uns und uns gegenüber wohnen.**
Es gibt kleine *Gefälligkeiten,* die man denen schuldig ist, mit welchen man in demselben Hause, denen man gegenüber wohnt oder deren Nachbar man ist; *Gefälligkeiten,* die an sich geringe scheinen, doch aber dazu dienen, Frieden zu erhalten, uns beliebt zu machen, und die man deswegen nicht verabsäumen soll. Dahin gehört: daß wir Poltern, Lärmen, spätes Türzuschlagen im Hause vermeiden, andern nicht in die Fenster gaffen, nichts in fremde Höfe oder Gärten schütten und dergleichen mehr.
Freiherr von Knigge: Ueber den Umgang mit Menschen, 1788

Rhododendron *Rhododendrum acutilobum*

Würfelfalter, *Lobius mechthildeae*

~ **Die Kleidung.** Daß nicht wenige Menschen lediglich durch unzweckmäßige und überladene K. sich *Krankheiten* zuziehen ist eine nicht wegzuleugnende Thatsache.¶ Aus Besorgniß vor dem *Erkälten* verpacken sich viele Personen im Frühjahr, Herbst und Winter derart mit K., daß man sie mit »lebenden Kleiderhaltern« vergleichen möchte. Wie sich von selbst versteht, gewährt diese übertriebene Vorsicht vor *Krankheiten* nicht den geringsten Schutz. Im Gegentheil; *Rheumatismus, Lungenverschleimung, Herzfehler,* beständiges *Kopfweh, Bauchschmerzen, Verdauungsbeschwerden* u.s.w. stellen sich in Folge dessen nur zu häufig ein, und die jetzt nicht selten vorkommenden *Schlaganfälle* sind hauptsächlich auf ungenügenden *Stoffwechsel* mit zurückzuführen. Zu welchem Zwecke sind die Millionen von Poren auf der ganzen Hautoberfläche geschaffen? ¶ Dieselben sollen durch den beständigen anregenden *Luftreitz* wärme- und schweißableitend functioniren.¶ Wie viel leichter wird es der Haut sein, von Tag zu Tag sich ergebende Stoffüberschüsse durch gesteigerte *Ausdünstung* zu begleichen? Die im Inneren befindlichen edlen Organe, wie *Herz, Lungen, Gehirn* können bei geschwächter Hautthätigkeit dem dadurch bedingten und über die Maßen gesteigerten *Blutdrucke* nicht lange ohne Gefahr für Gesundheit und Leben des Betreffenden widerstehen. Aus heftigem, beständigem *Kopfweh, Brustschmerzen,* beängstigendem *Herzklopfen* und Beschwerden im *Unterleibe* bilden sich dann allerhand Krankheiten, welche zunächst einen acuten (schnell entscheidenden), bei medicinischer Behandlung aber nicht selten einen chronischen ›

seine Azalien, Verbenen, Eriken und andere ziehe, und wo er die Erden mische und brenne. Von dem Obste und andern Dingen sei noch nicht viel zu sehen.

Sodann stieg Herr Tiburius in seinen Wagen und fuhr davon. Der Doctor hatte eine hölzerne Vorrichtung, die mit Klöppeln sehr laut klapperte, um seine Leute, die in verschiedenen Geschäften zerstreut waren, zum Essen oder zur Arbeit oder zu einer Ankündigung zusammen rufen zu können. Als Herr Tiburius den Abhang der Querleithen hinab fuhr, hörte er schon wieder das Klappern dieser Vorrichtung, was andeutete, daß der fremde Doctor mit seinen Leuten schon wieder in einem Verkehre befindlich sei.

Zu diesem Manne kam Herr Tiburius nach einiger Zeit wieder, und dann öfter und so immer fort; war es nun, daß er, wie es bei derlei Leuten ist, einmal im Geleise war, und daher in demselben fort ging, oder wollte er von dem Doctor etwas lernen. Da standen nun die zwei Männer, welche von den Menschen Narren geheißen wurden, manchmal in dem Garten beisammen; der eine in einem Strohhute und in einem grobleinenen Anzuge,˜ daß ihm der Wind bei den Oeffnungen hinein ging und durch alle Glieder strich: der andere mit einer Filzkappe auf dem Haupte, die er bis über die Ohren herab zog, mit einem langen Roke, der fast die Erde kehrte, über die andern Kleider zusammen geknöpft war, und oben unter dem Kragen noch ein großes zusammengebauschtes Tuch sehen ließ, daß der Hals warm sei, und endlich mit großen weiten Stiefeln, in denen er doppelte Strümpfe an hatte, daß sich die Füsse nicht erkälten. Bei diesen Besuchen sagte der Doctor nichts mehr davon, daß er den Herrn Tiburius zu seinem Weibe hinein führen werde, und dieser verlangte es auch niemals.

Der Schmetterling
Ein Jugendbild

Ein Räuplein saß auf kleinem Blatt,
Es saß nicht hoch, doch aß es satt
Und war auch wohl geborgen;
Da ward das kleine Raupending
Zum Schmetterling,
An einem schönen Morgen
Zum bunten Schmetterling.
•

Weil also Herr Tiburius zu keinem Menschen kam, als zu dem Doctor, und weil er überhaupt nicht aus seinem Zimmer ging, als wenn er zu dem Doctor fuhr, so war es natürlich, daß die Leute glaubten, er werde von dem närrischen Doctor ärztlich behandelt, und beide hätten Mittel ausgesonnen, die sehr merkwürdig seien und geheim gehalten würden, weßhalb sie immer zu einander kämen und die Köpfe zusammen stekten.

Dies war, wie wir wissen, allerdings nicht so: aber wie der Scharfsinn des Volkes immer in den ungegründeten Gerüchten, die in ihm empor tauchen, einige Kernchen Wahrheit und Veranlassung hat, so war es auch hier; denn von diesem Doctor ging wenigstens der erste Anstoß aus, der dann fortwirkte, und in Folge dessen sich Herr Tiburius ganz und gar verwandelte, wie die Raupe des Tagpfauenauges, die auch, nachdem sie auf dem Nesselkraute einförmig gelebt, sich dann gar aufgehängt hatte und eingeschrumpft war, eines Tages plözlich aufspringt, den garstigen schwarzen mit Dornen besetzten Balg zurükstreift und die Hörner und Höker der schönen Puppe zeigt, in der gar schon die künftigen farbigen schimmernden und glänzenden Flügel eingewikelt liegen. Herr Tiburius fragte nehmlich den Doctor eines Tages plözlich um das, was er gewiß schon so lange auf dem Herzen getragen haben mußte; er sagte: »Wenn Sie mein hochverehrtester Herr Doctor, wie Sie ja selber gerade heute vor fünf Wochen zu mir gesagt haben, in ganz wenigen Fällen zuverlässige Mittel wissen, so wüßten Sie etwa zufällig auch eins in dem meinigen?«

»Allerdings, mein verehrter Herr Tiburius,« antwortete der Doctor.

»Nun also – um Gottes willen – so reden Sie.«

(langwierigen) Verlauf nehmen.¶ Wie soll daher die K. beschaffen sein, damit die oben erwähnten Vorgänge nicht eintreten können? Das unsinnige Verpacken mit K.stücken muß unterbleiben. Sieht man doch jetzt sogar Kinder und Erwachsene, bei welchen im Winter bei 8° R. Kälte nur die Augen, die Nasenspitze und der Mund sichtbar werden, alles andere wird verhüllt. – Man mache die schlaffe, der Luft entfremdete Haut durch tägliche *Ganzabwaschungen* und *Ganzabreibungen* mit Wasser von 20° R. wieder flott und durchlassungsfähiger und härte sie ab.¶ Der Haut sind im Sommer Unterziehhosen und Unterziehjacken gerade unerträglich und im Winter leicht entbehrlich. Mäßig starke BeinK., Hemd, Weste, Rock u. s. w. sind als Sommer-Anzug vollständig genügend. Im Winter sind selbstverständlich die erwähnten K.-stücke aus etwas schwereren und stärkeren Stoffen zu nehmen.¶ Im Allgemeinen ist der *Hals* durch wollene oder seidene Halstücher nicht zu schützen, desgleichen auch nicht die Ohren. Ist jedoch betreffende Person sehr empfindlich und häufig mit *Halsübeln* belastet, so würden bei strenger Kälte beide Theile mäßig zu umhüllen sein, bis durch öftere kühle *Halswaschungen* und *Gurgeln* (letzteres zumal wenn man von dem warmen Zimmer in kalte Luft geht, wobei dann auch ein Trunk kaltes Wasser zu nehmen ist) die nötige *Abhärtung* und *Widerstandsfähigkeit* erzielt ist.¶ Wer sich regelmäßig abwäscht und die *Haut* ausscheidungsfähiger gemacht hat, ist gegen derartige Erkältungen schon bedeutend geschützt.
Lehrbuch der naturgemäßen Heilweise und Gesundheitspflege, ca. 1890

Der Schmetterling blickt um sich her,
Es wogt um ihn ein goldnes Meer
    Von Farben und von Düften;
Er regt entzückt die Flügelein:
Muß bei euch sein,
    Ihr Blumen auf den Triften,
Muß ewig bei euch sein!

    •

Er schwingt sich auf, ihn trägt die Luft
So leicht empor, er schwelgt in Duft,
    O Freude, Freude, Freude!
Da saust ein scharfer Wind vorbei,
Reißt ihm entzwei
    Die Flügel alle beide.
Der Wind reißt sie entzwei.

Er taumelt, ach! so matt, so matt,
Zurück nun auf das kleine Blatt,
    Das ihn ernährt als Raupe.
O weh, o weh, du armes Ding!
Ein Schmetterling,
    Der nährt sich nicht vom Laube,
Du armer Schmetterling!

    •

Ihm ist das Blatt jetzt eine Gruft,
Ihn letzt nur Blumensaft und Duft,
    Die kann er nicht erlangen,
Und eh' noch kommt das Abendrot,
Sieht man ihn tot
    An seinem Blättlein hangen,
Ach kalt, erstarrt und tot!

Friedrich Hebbel

~ **Aerztliche Winke für Brunnen- und Badegäste.**
Die Nothwendigkeit des Gebrauchs einer Bade- und Brunnenkur wird wesentlich bestimmt durch Krankheit. Der Gesunde bedarf keiner *Kur,* und hat des Gebrauchs so eingreifender Heilmittel, als die meisten Mineralquellen sind, sich um so mehr zu enthalten, als sie eben deshalb nur zu oft ihm gerade nachtheilig werden.¶ Diese Erinnerung gilt namentlich für diejenigen, die, ohne selbst krank zu seyn, Kranke an *Kurorte* begleiten, und, um nicht müssige Zuschauer daselbst abzugeben, mit an dem Kurgebrauche Theil nehmen. Jeder Brunnenarzt hat wohl Gelegenheit zu bemerken, wie solches zumeist nicht ungestraft geschieht; zumal solche unberufene Kurgäste im Pochen auf ihre Gesundheit, auf alle mögliche Weise gegen *kurgemässe Diät* und *Verhalten* zu sündigen pflegen.¶ Ob ein *Kurort* besucht werden soll, und welcher, bleibe allein dem umsichtigen Ermessen des Arztes überlassen. Der Kranke, der von eigenem Gutdünken, oder vermeintlicher Einsicht nach Durchlesung einiger ärzlicher Schriften, oder von dem übel angebrachten wohlmeinenden Rathe eines Laien bei der Wahl des *Kurortes* sich bestimmen lässt, dürfte es später leicht zu bereuen haben.
J. Ad. Frankl: Aerztliche Winke…, Prag 1863

»Sie müssen heirathen, aber zuvor müssen Sie in ein Bad˜ gehen, wo Sie sogar ihr Weib finden werden.«

Das war für Herrn Tiburius zu viel!!

Er kniff seine Lippen zusammen und fragte mit ungläubigem spöttischem Lächeln: »Und in welches Bad soll ich denn gehen?«

»Das ist in Ihrem Falle schier einerlei,« antwortete der Doctor, »nur irgend ein Gebirgsbad dürfte am vorzüglichsten sein, etwa das in unserm Oberlande, wohin jezt so viele Menschen ziehen. Oheime, Tanten, Väter, Mütter, Großmütter, Großväter sind mit sehr schönen Mädchen dort, und darunter wird auch die sein, welche Ihnen bestimmt ist.«

»Und also endlich, weil Sie die Mittel so gut angeben, welches ist denn mein Fall?«

»Das sage ich nicht,« erwiederte der Doctor, »denn wenn Sie ihn einmal wissen, dann hilft kein Mittel mehr, weil Sie keins nehmen – oder Sie bedürfen keins mehr, weil Sie bereits gesund sind.«

Herr Tiburius fragte um nichts weiter, er sagte auf diese Unterredung kein Wort mehr, sondern er ging allmählich zu seinem Wagen und fuhr davon.

»Der verrükte Doctor hat Recht,« sagte er zu sich in dem Wagen, »nicht in Beziehung des Heirathens hat er Recht, das ist eine Narrheit – aber ein Bad – ein Bad! – das ist das einzige, auf das ich noch nicht verfallen bin – es ist unbegreiflich, wie ich denn nicht darauf denken konnte. Ich werde mir gleich alle Bücher zu Rathe ziehen, die von Bädern handeln, und auszumitteln suchen, welches Bad unseres Welttheiles für meine Zustände in Anbetracht kommen könnte.«

Und auf dem ganzen Wege brütete er an dem Gedanken fort.

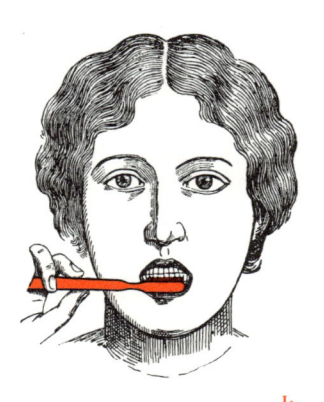

1.

2.

Der Doctor hatte den Herrn Tiburius bedeutend aufgerührt. Auch an das Heirathen mußte er ein wenig gedacht haben; denn er schnitt sich mit einer Scheere den Bart, den er sich in dem ganzen Angesichte hatte wachsen lassen, bis auf eine gewisse Kürze weg, rasirte ihn dann über und über sehr fein ab, und stellte sich vor den Spiegel und betrachtete sich.

»Nein, nein,« sagte er, »das ist nichts, das hat ganz und gar keinen Sinn, und das kann nicht sein.«

Deßohngeachtet schikte er noch an diesem Abende um ein sehr gutes Zahnpulver~ in die Stadt; denn er hatte vor dem Spiegel bemerkt, daß er seine Zähne bisher in hohem Maße vernachlässigt habe.

In Bezug auf das Bad fing er am Morgen des nächsten Tages an, sehr ernsthaft die nothwendigen Anstalten zu treffen. Er schrieb in die Stadt um alle Bücher, welche von Bädern handeln, um zuerst aus ihnen zu entnehmen, wohin er gehen solle, dann wolle er erst das Weitere anordnen. Allein der Gedanke des Bades hatte ihn so ergriffen, daß er nicht seinen bisherigen gewöhnlichen Weg, nehmlich erst alle möglichen Bücher zu lesen, einschlug, was übrigens auch zur Folge gehabt hätte, daß er in diesem Sommer in gar kein Bad mehr gekommen wäre; sondern er entschied sich in der That sofort für das Bad, welches der Doctor vorgeschlagen hatte. Das erste, was er nun that, war, daß er befahl, daß sein Reisewagen in reisefertigen Stand gesezt werde. Seine Leute erschraken über diesen Befehl, leisteten ihm aber Folge. Er hatte in seinem ganzen Leben keinen Reisewagen gebraucht, da er nie weiter von seinem Gute gekommen war, als in die Stadt. Daher glaubten seine Hausgenossen, daß er erst jezt vollends närrisch geworden sei, oder sich im Beginne der Besse-

~ **Zahnpulver nach Fröbel.**
Myrrhe zu 2 Teilen, *Saponin. med.* zu 1 Teil, *Calcium. carbon.* zu 97 Teilen, parfümiert mit *Geranium-* und *Rosenöl.*
Myrrhe zerstoßen, im Mörser mit dem *Seifenpulver* vermischen, nach und nach *Calcium carb.* zugeben und gut vermischen. Zum Schluß wenige Tropfen *Öle* zugeben und wieder gut mischen.
Zahnpulver nach Mathis.
Calcium carbon. zu 60 Teilen, *Chinin. sulf.* zu 2 Teilen, *Saponin.* zu 0,2, *Ol. Menthae pip.* gtt. xx, *Carmin. q.s.*
Mischen wie oben beschrieben; mit *Saponin* und *Carmin* beginnen.

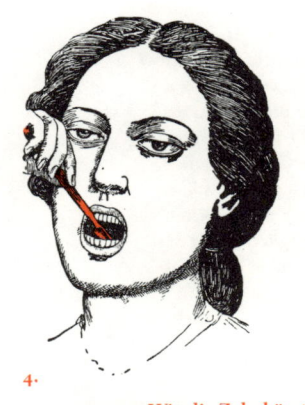

3.

4.

Wie die Zahnbürste beim Säubern der Zähne geführt werden muß: 1. *Lippenflächen der Zähne* 2. *Backenflächen der Zähne* 3. *Kauseiten der Zähne* 4. *Zungenflächen der Zähne*

~ **Der Reisewagen.** Man mache den Kutschkasten nicht zum Lese- oder Schlafkabinett, oder zum Bureau, nicht zur ambulanten Apotheke oder zum Treibhaus, nicht zum Destillierkolben des parfumes oder Grillenfänger, auch nicht zum Pariser Restaurationsomnibus; man lasse möglichst immer die Kutschfester herunter, gestatte den Frühlingsdüften und Sommerlüften freies Entreé, und lasse den Blick schweifen nah und ferne, und reich beladen dann in sich zurückkehren. Kummer und Sorgen, Grillen und Pillen, Manuscripte und Akten lasse man daheim; und suche in angenehmer Begleitung zu reisen.¶ Jeder Kurgast wird gut thun, sich von Hause mit Mantel, Enveloppe, Kamisol, wattiertem Hauskleide, Ueberschuhen, Regenschirm etc. zu versehen.¶ Reisegurten und Bauchbinden taugen für die Wenigsten. Auch nicht in schwere Pelze verhüllt, aus denen man im Kurorte angekommen sich entwickelt, um in ätherischen leichten Sommerröckchen spazieren zu gehen, setze man sich in den Wagen. Unterleibskranke thun gut daran, den Sitz im Wagen fleissig zu wechseln; Hämorrhoidalpatienten bedienen sich am besten zum Sitzen eines Kissens von Rosshaar, das in der Mitte vertieft und mit Saffian oder sonst glattem Leder überzogen ist.

J. Ad. Frankl: *Zur Beherzigung vor und während der Kur, Prag 1863*

~ **Der Heilplan.** In dem *Heilplane*, den der Hausarzt zur Herstellung seines Patienten sich entwirft, in der heilsamen Wirkung, die er von der Kur sich verspricht, ist zumeist der wohlthätige Einfluss der Reise mit berechnet. Man hüte sich daher durch Exzesse, Bravouren, übertriebene ruhelose Eiltouren, Nachtfahrten etc. eine solche Berechnung zu Schanden zu machen; um so mehr, als derlei zuweilen Zufälle zur Folge hat, die den früher angeordneten Quellengebrauch ganz zu unterlassen gebieten.¶ Zur Zeit der Höhe der Saison, im Monate Juli, erreicht auch die Conn'currenz der Fremden im Kurorte den Culminationspunkt. Kranken, denen das Geräuschvolle einer übergrossen Versammlung an Kurgästen nicht behagt, oder nicht zuträglich ist, ist daher anzurathen, früher oder später einzutreffen.

J. Ad. Frankl: *Aerztliche Winke für Brunnen- und Badegäste, Prag 1863*

rung befinde. Sie zogen den Reisewagen~ aus seinem Behältniß, in welchem er, seit ihn Herr Tiburius hatte machen lassen, gestanden war, auf den Hof hervor, und untersuchten, ob er an allen Stellen gut sei, und versahen ihn dann mit allen Sachen, welche ein solcher Reisender wie Herr Tiburius war, auf seinem Wege brauchen könnte. Hierauf schikte er um alle Bücher, welche über dieses einzelne Bad vorhanden wären, daß er sie mitnähme und dort lese. Dann schrieb er selber auf einen Bogen Papier die Sachen auf, welche seine Diener mit nehmen mußten, worunter auch seine Grauschimmel und sein Spazierwagen waren, die vorausgehen mußten, daß er sie dort gleich habe. Endlich mußte noch sogleich an den nöthigen Kleidern, Sizkissen und andern Geräthen gearbeitet werden. Er machte diese Sachen mit ziemlichem Geschike.

Zu dem Doctor, zu dem er noch zweimal während der Zeit gekommen war, sagte er kein Wörtlein; derselbe schien auch auf die Unterredung über das Bad~ völlig vergessen zu haben.

Nachdem so eine Weile vergangen war, kamen eines Tages vier Postpferde auf das Gut des Herrn Tiburius und zogen den Herrn in seinem Reisewagen zur Verwunderung aller Menschen in die Fremde fort.

Ich darf mich nicht darauf einlassen, seine Reise zu beschreiben, da sie mit dem Zweke dieser Zeilen nicht gar innig zusammen hängt: aber das muß ich doch sagen, daß es dem Herrn Tiburius vorkam, als fahre er schon viele, viele Meilen, als sei er schon in der fernsten Entfernung, da er bereits einen Tag fuhr, da er den zweiten fuhr, und da endlich gar der dritte gekommen war.

Am Nachmittage dieses dritten Tages, da eine unbeschreiblich große Sommerhize herrschte, fuhr er in einem langen schmalen Ge-

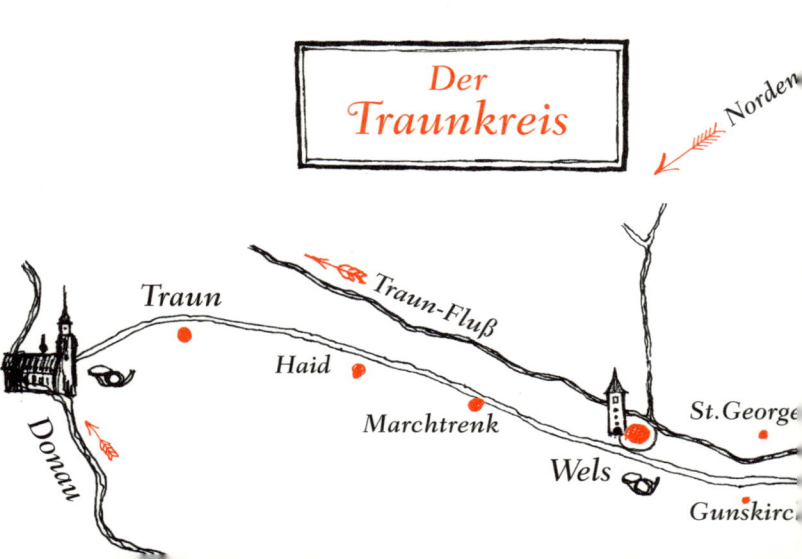

Der Traunkreis

birgsthale einem schönen grünen rauschenden spiegelklaren Wasser entgegen. Als das Thal~ sich erweiterte, sah man aus einer großen Hütte eine weiße Dampfwolke aufsteigen, und der Diener sagte zu Herrn Tiburius, das sei der Dampf, der aus der Sole aufsteige, die in dem Hause gekocht werde, und man sei ganz nahe an dem Ziele der Reise. Bald nach diesen Worten fuhr Herr Tiburius in seinem von allen Seiten geschlossenen Wagen in die Gassen des Badeortes ein. Es war in demselben wegen der großen Hize sehr still, niemand war im Freien, die gegliederten Fensterläden und die Fenstervorhänge waren zu, höchstens, daß bei einer Spalte oder bei einer Falte ein paar Augen heraus schauten, um zu sehen, wer denn wieder gekommen sei.

Herr Tiburius fuhr vor den Gasthof, in welchem ihm auf ein Schreiben seines Dieners ein Zimmerlein~ war aufgehoben worden. Er stieg aus und wurde in das Zimmerlein hinauf geleitet. Dort sezte er sich an das gelbangestrichene Tischlein, das da stand. Seine Diener und die Leute des Gasthauses waren beschäftigt, die Dinge, die der Wagen enthielt, auszupaken und herauf zu tragen.

Herr Tiburius konnte sich nun mit Beruhigung sagen, daß er da sei. Aus der spöttischen Aeußerung des kleinen Doctors war Ernst geworden. Gestern, da er noch in der Ebene draußen fuhr, hatte Herr Tiburius gedacht, wenn er nur nicht eher stürbe, ehe er ankäme, dann wäre alles gut: jezt war er angekommen, und saß bereits neben seinem Tischlein da. Die Leute räumten beinahe die ganze Stube mit den Sachen voll, die sie in dem Wagen fanden. Durch die grünen Schienen der Fensterläden sahen duftige Bergwände herein — er war fast berauscht und legte sich seine Reiseeindrüke zurecht. Da waren noch die unendlichen Felder und Wiesen und Gärten, durch die er

~ **Ischl.** Erzherzogthum Oesterreich, Traun-Kreis, *Soolebad*. I. liegt an beiden Ufern der *Traun*, in einem schönen angenehmen Thale. 1588 Fuß über der Meeresfläche, und ist von *Salzburg* 7 Meilen, von *Linz* 14 Meilen entfernt. Um die *Badeanstalt* hat sich der Hofrath Dr. Wirer von Rettenbach, vorzüglich verdient gemacht. I. hat vortreffliche *Badeanstalten*, in denen Eleganz und Bequemlichkeit wetteifern und schöne Umgebungen (Wirershain, Ruine Alt Wildenstein, der Rudolphsbrunnen, der Kaiser Franzensgang, der Salzberg ec.) Die Wirkung der *Ischler Salzsoole* (die künstlich bereitet wird, in dem man in dem Salzgebirge Stellen aushaut, sie mit Wasser füllt und dieses, sobald es das Salz ausgelaugt hat, durch Röhren in die Bäder oder Siedpfannen leitet) ist *kräftig erregend, belebend, reizend* und *auflösend*, die Thätigkeit der *Haut* und des peripherischen *Nervensystems* befördernd, Stokkungen im *Lymph-* und *Drüsensysteme* schmelzend, die Resorption, Ab- und Aussonderungen kräftig bethätigend. In allen Krankheiten des *Drüsensystems*, bei hartnäckigen, chronischen *Hautausschlägen*, bei *Hämorrhoiden*, bei den in Schwäche und Reizlosigkeit der Schleimhäute begründeten chronisch katarrhalischen Zuständen der *Luftwege* ec., bei Schwächekrankheiten der *Uterinsystems*.
Allgemeines Heilquellen-Lexikon, Wien 1847

~ **Die Wohnung.** Mit Ausnahme von trockenen ebenerdigen Wohnungen sind durchschnittlich jene der höheren *Stockwerke* vorzuziehen. Zimmer, die den Winter über nicht bewohnt waren, lasse man, insbesondere bei feucht kühler Witterung, erst *durchheizen*, bevor man sie beziehet. Das Verfahren von Curgästen, auch bei ungünstigem Wetter alle Fenster Tags über offen zu erhalten, um so zu sagen immer ihre Lungen in voller Alpenluft zu baden, ist ein irrig beliebtes und gesundheitschädliches.
Badearzt Dr. Pollak: Diätetische Winke, 1864

gefahren war, und die Häuser und Kirchthürme, die alle an ihm vorüber gegangen waren, dann rükten gar Gebirge näher, dann schwankte ein langer grüner See in seinem Haupte, über den er sammt seinem Reisewagen gefahren war, und dann war das eilende Wasser in dem Thale und das erschrekliche Blizen der Sonne auf allen Bergen. — —

Aber auf das alles durfte Herr Tiburius zulezt doch nicht gar zu stark denken; denn es waren jezt ganz andere Dinge nothwendig, nehmlich, daß seine Wohnung für seine Krankheit gehörig eingerichtet werde, und daß man sehr bald den Badearzt rufe, daß er ihn kennen lerne, und daß sie mit einander den Plan der Heilung verabredeten und sogleich zur Ausführung desselben den Anfang machten.

Es mußte vor allem noch ein größerer Tisch herbei, auf den er die Stöße Bücher, die sein Diener auspakte, legte, daß er sie bei erster Gelegenheit aufschneide, und zu lesen beginne. Dann mußte das Bett, dessen Bestandtheile er selber mitgebracht hatte, im noch kleineren Nebenzimmerchen, das an sein Wohngemach stieß, aufgestellt werden. Das Stahlgerüste desselben wurde in der Eke aufgerichtet, in welcher am wenigsten Zugluft herrschen konnte. Hierauf wurden die Stäbe der spanischen Wand, die er mitgebracht, auseinander geschraubt, gestellt, und mit dem dazu gehörigen Seidenstoffe bespannt, auf dem unzählige rothe Chinesen waren. Weil so viele Mantelsäke, Wagenkoffer und andere Lederfächer herumlagen, mußte der Wirth noch einen Schrein herauf schaffen, den man in das Vorzimmer, wo die Diener schliefen, stellte, daß man das Weißzeug, die Schlafröke und die Kleider unterbringen könne. Zulezt mußten noch die Schirme vor die Fugen der Fenster und Thüren gestellt und die leeren Koffer und Lederfächer in das Wagenbehältniß gebracht werden.

Als alles in Ordnung war, sendete Herr Tiburius nach dem Badearzte. Es durfte nicht aufgeschoben werden, und es war überhaupt

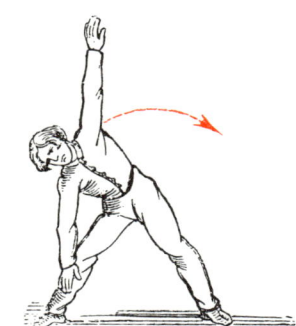

~ **Den Brunnenarzte rufen.** Genaues Ausfragen des Kranken, und reifliches Meditieren über Diagnose und Therapie der *Krankheit,* ist dem B. unerlässlich. Daher auch jeder Kurgast gut thun wird, zur ersten Besprechung mit dem B. ihn entweder auf seinem Zimmer zu besuchen, oder zu sich kommen zu lassen. Ich habe erfahren dass Kranke, die ohne ärztliches Schreiben an den Badeort kamen, *ängstlich* und an der Kur ganz *irre* wurden; weil der B. bei gleicher Diagnose zufällig eine andere Krankheitsbenennung wählte, als der Hausarzt.¶ Jeder *Kurgast* möge doch so oft und zu jeder Stunde, wo er dessen bedarf, den B. besuchen, oder dessen Besuch verlangen! Denn um so angenehmer und erspießlicher ist es diesem, einem klar ausgesprochenen Wunsche mit Heiterkeit Folge zu leisten, als *Vorwürfe* über Mangel an Aufmerksamkeit und dadurch ein Missbehagen zu veranlassen. J. Ad. Frankl: Aerztliche Winke..., Prag 1863

~ **Spanische Wand.** Eine bewegliche *Schutzwand,* welche aus einem hölzernen oder metallenen Gestell besteht, über welches Zeug, Tapeten, Leder u. dgl. gespannt sind; findet als *Bettschirm,* zur Scheidung von Räumen, als *Schutzwand* gegen Wind u. dgl. Verwendung. Das Holz wird bisweilen mit Lack überzogen und bunt bemalt oder vergoldet.

~ **Erinnerungen zur Beherzigung vor und während der Kur.** Ein ruhiger, von ängstigen Träumen nicht gestörter *Schlaf* ist das erquikkendste Erholungsmittel. Um 9–10 Uhr begebe man sich zur *Ruhe,* doch nicht in hitzend Federbetten.¶ Man *schlafe* bei offenen ▸

ungewiß, ob nicht auf die viele, viele Bewegung, die er auf der langen Reise her gemacht habe, eine arge Krankheit folgen könne.~

Der Badearzt war nicht zu Hause und auch sonst nirgends zu finden. Herr Tiburius mußte bis auf den Abend warten. Er saß in seiner Stube und wartete. Am Abende kam der Arzt, und die zwei Männer beredeten sich über eine Stunde lang, und sezten die ganze Wesenheit des zu befolgenden Heilplanes auseinander.

Am andern Morgen begann Herr Tiburius schon den Plan ins Werk zu sezen. Man sah ihn in einem langen grauen zugeknöpften Oberroke den Brunnengebäuden zu gehen und in denselben verschwinden. Er nahm darinnen sein erstes Bad.~ Und wo man die Molken nahm, wo man in der Sonne saß, und ein wenig hin und her ging, konnte er später auch gesehen werden. So machte er es jeden Tag, und er ging gewissenhaft dorthin, wo es der Zwek erheischte. Um die von dem Arzte vorgeschriebene Bewegung mittelst Gehen zu machen, hatte er sich eine eigene Art ausgesonnen. Er fuhr nehmlich mit seinen Grauschimmeln auf der Straße, die tiefer in das Gebirge führt, eine Streke fort, bis er zu einem gewissen großen Steine kam, den er gleich am ersten Tage entdekt hatte. Neben dem Steine war eine ziemlich große trokene Erdstelle, die aus fest gelagertem Sande bestand. An dieser Stelle stieg er aus, und ging nach der Uhr so lange hin und her, als die zur Bewegung festgesezte Zeit dauerte, dann saß er wieder ein und fuhr nach Hause. Die Leute, die im Bade versammelt waren, lernten ihn bald kennen, und sagten, das sei der Herr, der neulich in dem geschlossenen Wagen gekommen sei.

Die Badezeit war eigentlich schon ziemlich gerükt, aber da in diesen Gebirgsthälern die lezten Sommermonate die heißesten und trokensten sind, so war noch ein großer glänzender und auserlesener

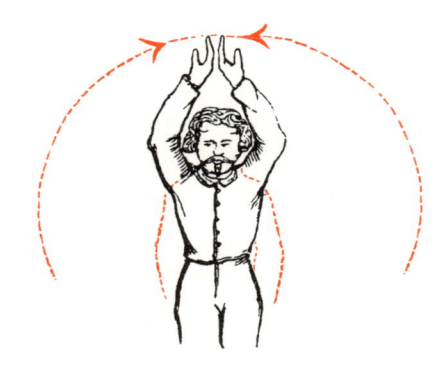

Fenstern, und selbst bei kühlem Wetter darf die *Schlafstube* nicht geheizt seyn. Nervenschwache, blutarme Individuen mögen sich ein halbes Stündchen *Schlaf* Nachmittags gönnen; doch nie gleich nach beschlossenem Mahle. Gut ist es, täglich früh beim *Aufstehen* die Leibwäsche zu wechseln. – Ueberflüssig ist es wohl noch beizufügen, dass man für Luftreinigung und Reinlichkeit der Wohnstuben Sorge trage.

~ **Der Kurbeginn.** Ob der Ankömmling die *Kur* sofort beginnen dürfe? Ob nicht vielleicht die Beschwerden der Reise denselben einiger Ruhe bedürftig machen? Ob vorläufige Herstellung gewisser Funktionen, welche auf der Reise leicht gehemmt werden, nöthig? Ob beim Beginnen der *Kur* diese in ihrem ganzen Umfange anzuwenden? Ob etwa mit dem Trinken der Anfang gemacht werden müsse, und aus welcher Quelle? Ob mit oder ohne Zusatz und Nebenarznei? Oder ob mit dem Bade – vielleicht einem modificirten – der Anfang zu machen sey? Hängt von der Bestimmung des Brunnenarztes ab. – An den Brunnenarzt wendet sich in der Regel Jeder bei vorfallenden Differenzen aller Art.
J. Ad. Frankl: Aerztliche Winke…, Prag 1863

~ **Die Ischler Soolenbäder.** Sie werden angewandt: als *Wasserbad*, *Douchenbad* und *Dampfbad*, 30° R. auch als *Schlammbäder*. ½ Stunde von **I.** entfernt entspringt eine kalte, kräftige *Schwefelquelle*, die an festen Bestandtheilen 60/32 G.[rane] (1G. = 0,063 kg.) enthält, und zwar an schwefelsauren Natron 12,32 G., und Chlornatrium 44,32 G., schwefelsaurer Magnesia 1,44 G., schwefelsauren Kalk 1,12 G., nebst dem kohlensauren Magnesia 0,96 und kohlensauren Kalk 0,16. Sie wird entweder allein oder mit Soole gemischt als Bad angewendet.¶ In Ischl ist auch eine *Molkenkuranstalt*.
Allgemeines Heilquellen-Lexikon, Wien 1847

~ **Die Trinkkur.** Dir, mein im Kurorte willkommener Leser, der du den ersten Vorsatz bereits bethätigt hast – denn die eigentliche Trinkzeit beginnt gewöhnlich Morgens gegen sechs Uhr. Es ist diess unstreitig die zweckmäßigste Tageszeit zur T. Mit der *Morgensonne* erwacht die gesammte Natur aus ihrem Ruheschlummer zu erneuerter Thätigkeit, und alles Leben wird frisch auf- und angeregt. Erstärkt durch die Ruhe fühlt der Kranke des *Morgens* meist sich am wohlsten, der Geist, von den neuen Eindrücken der schönen Natur erfreut, ist gesammelt, das Gemüth unumflort und heiter, und zu unbefangener Geselligkeit und fröhlicher Conversation am besten gestimmt. Die *Heilquelle,* die in der Kühle der Nacht die Gase fester gebunden hält, erquickt wie ein Labetrunk, und der Ueberfluss des etwa nicht verdauten Wassers kann des Morgens, wo die Ausdünstung am Tage am lebhaftesten vor sich geht, leicht wieder abgehen.¶ Man gehe nüchtern an die *Quelle,* damit die wechselseitigen Berührungspunkte zwischen der *Heilquelle,* dem *Intestinaltracte* und den *Säften* des Körpers nicht vermindert werden; und es ist natürlich, dass die von den Nahrungssäften noch nicht in Anspruch genommenen und angefüllten Gefäße das *Mineralwasser* leichter aufnehmen, und tüchtiger verarbeiten.¶ Man gehe wohl angekleidet, und gegen die kühle Morgenluft geschützt, zum *Brunnen;* ohne jedoch, wie eine Cholerascheuche, in Baum- und Schafwolle vielfach sich zu incrustiren.¶ Man trinke das *Mineralwasser* gleich von der Quelle weg, zwar rasch nach dem Schöpfen, aber an sich langsam. Das plötzliche hastige Hinunterstürzen der im Glase enthaltenen Quantität Wassers, damit ja kein Perlchen *Kohlensäure* verloren gehe, ist eine nicht zu billigende *Wasserkunst,* deren Folgen *Magendrücken, Schlundkrampf,* heftiges *Aufstossen* etc. sind. Wem es sehr um das Einnehmen der *Kohlensäure* zu thun ist, der nimmt besser die obere Hälfte von zwei Gläsern hintereinander.¶ Das Trinkglas fasse 5 Unzen [$^1/_{12}$ dt. Pfund] *Wasser*; mehr auf einmal zu trinken ist nicht rathsam.¶ Man beobachte gehörige Zwischenräume während des Trinkens der einzelnen *Gläser,* so dass man zwischen dem einen und dem andern Glase eine Viertelstunde *Bewegung* macht.¶ Man vermeine jedoch nicht, als müsste man bei der fünfzehnten Minute, im besten Fluß der *Rede* und *Conversation* abbrechen, und eiligst zur *Quelle* hinrennen. Man vermeide im Gegentheile, wenn man athemlos ist, das *Mineralwasser* zu nehmen, und warte lieber die Beruhigung der Respiration ab.¶ Die *Bewegung* sey mäßig und gelind; und die *Conversation* werde nicht zur polemischen Discussion, die nur zu oft in Heftigkeit übergeht. Hat dies trotz aller Vorsicht Statt, so nehme man kein Glas *Brunnen* ›

Besuch zugegen. Darunter waren manche sehr schöne Mädchen. Herr Tiburius, welcher nicht umhin konnte, doch manchmal eine zu sehen, erinnerte sich flüchtig an die Heirathsworte des Doctors – aber er dachte, der Doctor sei ein Schalk, und verlegte sich hier nur auf das, was seiner Gesundheit unmittelbar noth that. Er las allgemach von dem Bücherhügel ein großes Stük herunter, er verrichtete genau alles, was ihm der Badearzt vorgeschrieben hatte, und that noch manches andere dazu, was er selber aus den Büchern lernte und sich verordnete. Er hatte sich auch an seinem Fensterstoke ein Fernrohr angeschraubt, und betrachtete durch selbes öfter die närrischen Berge, die hier herum standen, und die das Gestein in höchster Höhe oben trugen.

Es war seltsam, daß auch hier in dieser großen Entfernung, und zwar schon in sehr kurzer Zeit, nachdem Herr Tiburius angekommen war, der Name Tiburius im Munde der Leute gebräuchlich war, obwohl in dem Fremdenbuche Theodor Kneigt stand, und obwohl ihn niemand kannte. Es mochten ihn wohl insgeheim seine Diener so genannt haben.

Es waren allerlei Menschen und Familien in dem Bade. Da war ein alter hinkender Graf, der überall gesehen wurde, und in dessen verwittertes Angesicht fast ein Schimmer von der sehr großen Schönheit seiner Tochter floß, die ihn überall mit Geduld begleitete und ruhig neben ihm her ging. In einem Wagen mit zwei feurigen Rappen fuhren gerne zwei junge schöne Mädchen mit Augen, die noch feuriger waren, als die Rappen, und mit rothen Wangen, um die gewöhnlich grüne Schleier flatterten. Sie waren die Töchter einer badenden Mutter, die selbst noch schön war, und in ein reiches Tuch gewikelt in dem Wagen zurükgelehnt saß. Dann war ein dikes kin-

1. 2.

derloses Ehepaar, das eine Nichte mit sich führte, die träumerisch darein schaute, manchmal unterdrükt aussah, und schöne blonde Loken hatte, wie man sie nur immer erbliken konnte. In einem fensterreichen Hause tönten schier immer Claviertöne, und viele Lokenköpfe junger Mädchen und Knaben waren zu sehen, wenn sie aus den Fenstern herausschauten, oder von Innen an denselben vorüber flogen. Dann waren manche einsame Greise, die hier ihre Gesundheit suchten und niemand als einen Diener hatten; dann manche Hagestolze, die über den Sommer des Lebens hinüber ohne Gefährtin herum gingen. Noch sind zwei blauäugige Mädchen zu erwähnen. Die eine sah gerne von einem abgelegenen Balkone mit ihren blauen Augen auf die nicht weit entfernten Wälder hinüber, und die andere richtete sie gerne auf die Tiefe des dahin rinnenden Stromes. Sie ging nehmlich häufig mit ihrer Mutter an den Ufern desselben spazieren. Dann waren die schönen erröthenden Wangen der Landeskinder, die einen kranken Vater, eine Mutter, eine Wohlthäterin hieher begleiteten – der vielen andern gar nicht zu gedenken, die alle Jahre kamen, sich an der Schönheit der Umgebung ergözten, oder nur der Mode huldigten, alles zu beherrschen strebten, jedes neu Angekommene und Schüchterne besprachen und darüber triumphirten. Unter diesen Menschen lebte Tiburius fast scheu fort. Er mischte sich niemals unter sie, und wenn er mehreren auf seinen von dem Arzte vorgeschriebenen Gängen begegnen sollte, so machte er lieber einen Umweg, daß er ihnen auswich. Sie redeten von ihm, da er durch seine Absonderung auffiel; aber er wußte nicht, daß sie von ihm redeten, und wie sie ihn nannten. Er blieb beständig bei dem sich immer ablösenden Gewirre anwesend; denn wirklich kamen in der Zeit immer neue, und schieden die andern.

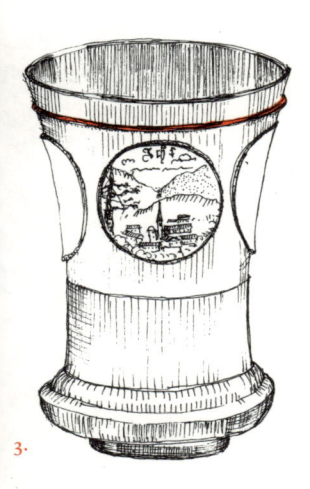

Kurtrinkgefäße. 1. *Glasbecher mit Trinkrohr* 2. *Keramikbecher mit Henkel* 3. *Geschliffener Glasbecher mit Ischler Ansicht*

mehr, das sonst nicht gut bekommen würde. Denn die *Mineralquelle*, bei heftiger Körpers- oder Gemüthsbewegung getrunken, hört auf *Heilquelle* zu seyn.¶ Manchen, die leicht von Eingenommenheit des *Kopfes* befallen werden, oder die bald angegriffen und erschöpft sich fühlen, ist es gerathen, nicht die ganze *Trinkzeit* auf und ab zu wandeln, und sie thun gut, hin und wieder im Sitzen auszuruhen.¶ Noch andern, namentlich Patienten mit *Schwindel* und erethischen *Augenleiden,* denen der häufige Licht-, Schatten- und Farbenwechsel übel thut, sollen ihre Promenaden nicht in der *Hauptallee*, oder im allgemeinen Gange, wo das beständige Hin- und Hergehen der Gäste sie turbirt, sondern lieber abseits, wo sie ungestört sind, machen. Mindesten eine halbe Stunde nach dem letzten *Glase* ist das *Frühstück* mit Maass und Muße zu nehmen gestattet.¶ Die täglich zu gebrauchende Menge des *Wassers* bestimmt sich nach dem Alter, Geschlecht, und der Konstitution des Kranken, nach der Natur, dem Grade und der Dauer der Krankheit, und der Wirkungsweise der *Heilquelle*. Im allgemeinen soll die Zahl der Gläser, die zu Leibe genommen werden, im umgekehrten Verhältnisse zur Reitzbarkeit und Empfindlichkeit des Kranken stehen.¶ Im Beginne der *Kur* nimmt man die kleinste Portion, und steigt allmählig jeden zweiten oder dritten Tag um ein halbes oder ganzes *Glas*, damit der Magen sich besser gewöhne, das ungewohnte *Getränk* zu vertragen und dem Körper anzueignen.¶ Im vorhinein die Quantität und Qualität der Darmentleerungen bestimmen zu wollen, und in der Portion des *Mineral-Wassers* so lange zu steigern, und noch *Salze* und andere *Medikamente* beinehmen zu lassen, bis nolens volens die ominöse Vorherbestimmung fatalistisch in Erfüllung geht, finde ich sonderbar.¶ Ne quid nimis! – Sollte in riesiger Lapidarschrift an den *Quellen* zu lesen seyn. Wo man den Magen mit *Mineralwasser* überschwemmt, da ist an eine Verdauung und Verarbeitung desselben nicht zu denken, vielmehr sind Blutandrang nach dem Kopf, Schwindel, Magendrücken, Blähungen, Appetitlosigkeit, erschwerte Respiration, Funkensehen, Unlust und andere Uebel nur zu oft unmittelbare Folge davon.¶ Das Trinken von *Mineralwasser* bei der Mahlzeit ist nach Hufeland, schlechterdings zu verwerfen; da jedes selbst einfache *Mineralwasser* durch die Menge des kohlensauren Gases die Verdauung stört, und Blähungen, Koliken, Indigestion erregt. Doch kann durch den Zusatz von Wein (als Corrigens) diesem Uebelstande begegnet werden.

J. Ad. Frankl: Aerztliche Winke…, Prag 1863

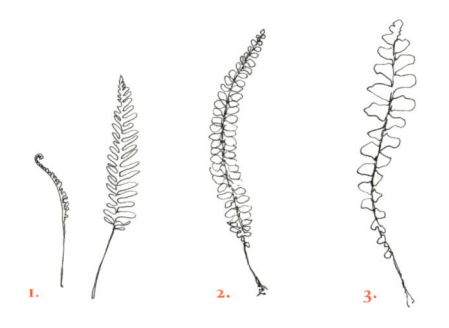

~ **Die Bewegungen.** Selbst bei schlechtem Wetter, da die Temperatur gewöhnlich auch während des Regens milde ist, ist es gestattet im *Freien* zu bleiben, nur mit der Vorsicht, sich vor Durchnässung zu bewahren: da aber in dem Gebirge die Luft nach ihrer verschiedenen Höhe und Stellung in Bezug auf ihre Reinheit, Dichte, Stärke und Temperatur wechselt, so ist es für den Kranken keine gleichgültige Sache, wohin er sich begibt. Er soll sich genau an den Rath seines Arztes halten, damit er sich nicht verderbe, damit Alles zu seiner *Genesung* harmonisch bestimmt werde.¶ Es wird daher im Allgemeinen sehr zuträglich seyn, sich theils zu Fuss durch langsames Steigen auf immer höhere *Berge*, oder dahin Tragen lassen, oder durch Fahren in entfernte Gegenden, eine den Körper stärkende, den Geist erheiternde *B*. zu machen.¶ Beim Besteigen der *Berge* gilt aber ganz besonders für Brustschwache, denen es, zweckmässig geleitet, ein ausgezeichnetes Hilfsmittel ist, dass sie recht langsam mit mehr flachen *Hügeln* anfangend steigen, öfters stehen bleiben, tief einathmen, um ihren *Lungen* die nöthige Ausdehnung zu geben, und an das beschwerliche *Athmen* zu gewöhnen. Dann erst, wenn sie die niederste Gattung *Hügel* ohne Beschwerde besteigen können; ist es ihnen erlaubt zu immer höheren über zu gehen, und so lehren sie gleichsam ihre Lunge athmen, und verschaffen ihrem *Brustkasten* die nöthige *Ausdehnung*. Solchen aber, die an *Bluthusten* leiden, oder eine augenscheinliche Anlage dazu haben, rathe ich das Bergsteigen ganz zu unterlassen, und lieber in die *Ebene* zu gehen, oder damit sie doch auch von dem Genuss, den das Verweilen auf unseren *Bergen* spendet, nicht ausgeschlossen seyen, sich tragen zu lassen, was hier in Sesseln auf eine sehr bequeme Art durch geübte Träger unternommen wird. Hier ist auch der Ort die Bemerkung zu machen, dass man ja, wenn man sich in die *Höhe* begibt, nie vergesse, einen *Mantel*, oder anderes *Oberkleid* mit zu nehmen, da Oben immer ein rascher Wechsel der Luft, und somit eine Kühle Statt findet, man durch das Steigen ›

Wir können unmöglich sagen, wie Herrn Tiburius der Gebrauch des Bades bekam, denn er sagte selber zu niemanden etwas und badete immer fort. Dem Arzte erklärte er auf jede Frage, wie es ihm gehe, es gehe eben dem Gange des Dinges gemäß, und wir würden wohl am Ende in den Stand gesezt worden sein, über den Erfolg seines Badens etwas bestimmtes angeben zu können, wenn sich nicht das zugetragen hätte, wodurch sich alles veränderte, und jede Berechnung der mitwirkenden Ursachen unmöglich wurde.

Wir haben oben schon gesagt, daß Tiburius immer zu seinen Bewegungen~ weiter hinaus fuhr, und an einem einsamen Steine auf und nieder ging. Er war sehr fleißig und hatte dieses schon viele, viele Male gethan. Eines Tages, nachdem seit seiner Ankunft schon eine geraume Zeit verflossen war, da eben ein beinahe stahlfester dunkelblauer Himmel über dem Thale stand, fuhr er, weil ihm der Tag so wohl that, weiter als gewöhnlich. Ganz fremde Berge sah er schon, und dunkle Tannen und lichtere Buchen schritten fast bis an seinen Wagen heran. Man weiß nicht, war die Empfänglichkeit für das Wohlthätige des Tages schon eine Folge seines Badens, oder war es die ungemein liebliche heitere und klare Milde der Luft, die alle Menschen und also auch ihn erfaßte. Neben seinem Wagen war ein sonniger Plaz, der festen Heideboden hatte; er war von schüzenden Steinwänden umstanden, daß kein rauher Wind herein streichen konnte, und ging so gegen das ganz stille Laub zurük. Dieses lokte den Herrn Tiburius aus dem Wagen, daß er ein wenig herum gehe, und die sanften senkrecht niedergehenden Mittagsstrahlen genieße.

»Ich werde meine Bewegung hier, nicht an dem Steine, machen,« sagte er zu seinem Diener und zu dem Kutscher, »es ist einerlei; ihr wartet da an dem Plaze, bis ich wieder komme und einsteige.«

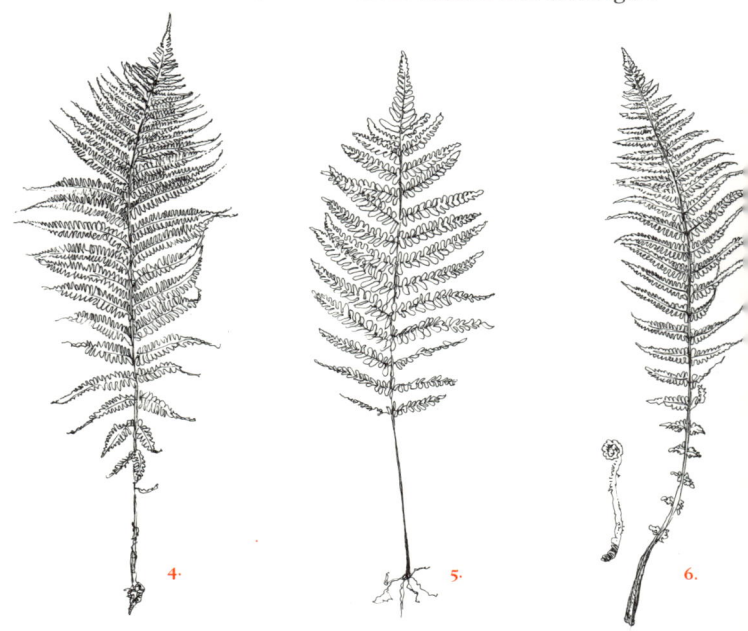

Hierauf zog er seinen Oberrok aus, wie er es allemal that, warf ihn in den Wagen zurück, stieg über den von dem Diener herab gelassenen Fußtritt herab, und ging gegen den trokenen Waldplaz vorwärts. Tiburius hatte einen Wald nie von Innen gesehen. In seiner Heimath war überhaupt nur kleines Gehölze, in das er übrigens auch nicht gekommen ist, und die großen Forste, die auf den Bergen des Badeortes herum lagen, hatte er nur durch sein Fernrohr vom Fenster aus beobachtet. Hier war er beinahe in einem Walde. Wenn auch der Plaz, den er sich zu seinem Gange ausersehen hatte, von keinen Bäumen besezt war, so standen dieselben doch so nahe und auf manchem benachbarten Hügel herum, daß man sagen konnte: Herr Tiburius befinde sich auf einer Waldblöße. Alles gefiel ihm sehr wohl. Kein menschliches Wesen ließ sich rings herum sehen und hören – das war ihm gerade recht. Der Plaz ging von der Straße gegen die Tiefe der Gegend einwärts. Als Herr Tiburius über seine ganze Länge hin geschritten war, und umkehren wollte, um, wie seine Spazierart war, hin und her zu gehen, sah er, daß weiter einwärts noch ein schönerer Plaz war. Zur Linken befand sich eine Steinwand, die bedeutend hoch war, rechts standen in einiger Entfernung hohe Bäume und nach vorwärts war der Plaz durch Waldwerk geschloßen. Es war hier noch stiller, und die Mittagswärme sank an der Steinwand so freundlich nieder, daß es war, als müßte man sie beinahe rieseln hören. Sie war bereits für den Körper sehr wohlthätig, da die Jahreszeit schon in die Hälfte des Herbstes hinein ging, und manches Laub schon ins Gelbe schimmerte. Der Boden war wegen der langen vorausgegangenen schönen Zeit sehr troken.

Herr Tiburius beschloß sofort, auf diesem Plaz vorzuschreiten, und ihn zu seinem Bewegungsorte zu machen. Er dachte, wenn er natürlich mehr oder weniger erhitzt ankommt, und diess bei Vernachlässigung dieser Vorsicht leicht Veranlassung zu verschiedenen Krankheiten gibt, und so das, was als Heilmittel verordnet ist, zur Krankheit erzeugenden *Schädlichkeit* wird.¶ Eben sehr muss man warnen vor dem zu frühen *Trinken* des auf dem Gebirge zwar sehr einladenden und herrlichen, sehr kalten *Quellwassers*. Dann soll man aus solchen Ausflügen keine Hetze machen, steigt oder lässt man sich weiter tragen, so ruhe man oben angelangt einige Stunden aus, nehme dort sein *Mittagsmahl* oder seine *Jause*, und geniesse so auf eine gemächliche Weise der schönen Natur. Das Essen und Trinken mundet auf solcher Höhe vortrefflich, und die *Verdauung* geht schneller vor sich. Auch das längere Tragen ermüdet, besonders schwächliche und kränklichere Individuen. Das merke man sich wohl.¶ Beim Fahren auf *Seen* und *Flüssen,* so wie, wenn man einen Ausflug zu einem unserer so schönen *Wasserfälle* macht, ist es nöthig, des an diesen Orten Statt findenden Temperaturwechsels wegen, jederzeit ein wärmeres Oberkleid, und das um so mehr, je heisser der Tag ist, bei sich zu haben, denn, wenn auch unsere *Bäder* und das ganze dabei beobachtete Verfahren, dahin wirken, und berechnet ist, dass die Haut gegen äussere Einflüsse unempfindlicher gemacht wird, so darf man doch nicht hoffen, dass das in dem Grade geschehe, als es nöthig wäre, um so auffallenden und jähen Temperaturwechsel, wie es bei den genannten Gelegenheiten der Fall zu seyn pflegt, zu widerstehen, daher sey der Kurgast vorsichtig, und gebe keine Veranlassung, dass seine *Kur* unterbrochen werden müsse, oder dass dieselbe ganz vereitelt werde.

Dr. Jos. Brenner, Ritter von Felsach: *Kurze Anleitung zum Gebrauche der verschiedenen Heilanstalten in Ischl,* Salzburg 1842

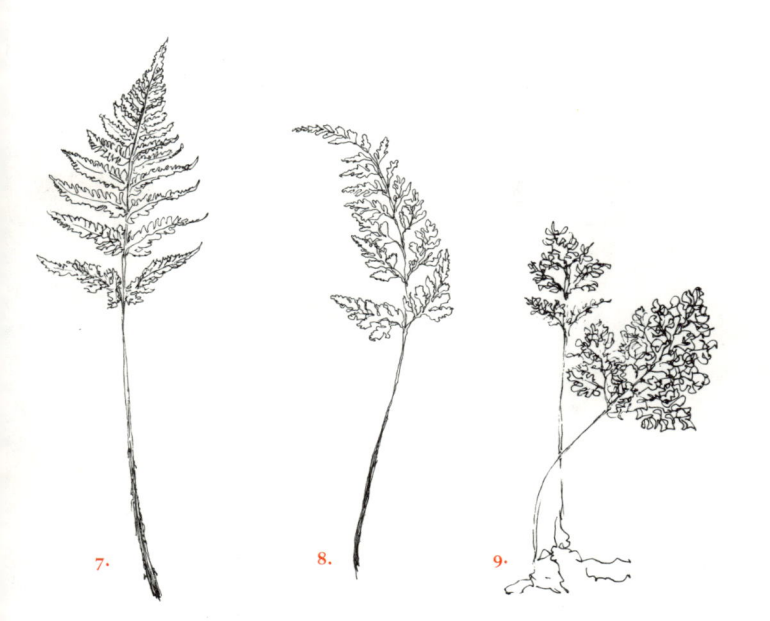

7.   8.   9.

Farne. 1. Gemeiner Tüpfelfarn *Polypodium vulgare* 2. Braunstieliger Streifenfarn *Asplenium trichomanes* 3. Milzfarn *Ceterach officinarum* 4. Gemeiner Frauenfarn *Athyrim filix-femina* 5. Sumpffarn *Thelypteris paulustris* 6. Bergfarn *Lastrea limbosperma* 7. Heuduftender Dornfarn *Dryopteris aemula* 8. Schwarzstieliger Streifenfarn *Asplenium adiantum-nigrum* 9. Krauser Rollfarn *Cryptogramma crispa*

- **Von Stauden, Gräsern und Kräutern im Allgemeinen.** Die in unserem Forste sehr häufig vorkommenden *nichtholzigen Gewächse* mit deutlichen *Blüthen* werden füglich unter dem allgemeinen Namen *Kräuter*, *Staude* und *Gräser* begriffen. Alle solche deutlich blühenden Gewächse, nämlich die weiche Stengel haben und gewöhnlich nur 1 oder 2 Jahre vom Entstehen bis zum Absterben dauern, heißen *Kräuter*; man erkennt sie daran, dass ihre Stöcke nach erzeugtem reifen Samen gänzlich absterben.
  Dr. J. A. Keum's Forstbotanik, 1825

- **Spanisches Rohr.** *Stuhlrohr, Rotang, Rattans*, die schlanken Stämme und Triebe mehrerer Arten der Palmengattung *Calamus*, werden in allen Wäldern des Indischen Archipels, besonders auf Borneo, Sumatra und der Malaiischen Halbinsel, gewonnen und, nachdem sie durch eine Kerbe in einem Baum gezogen und dadurch von Oberhaut, Blättern und Stacheln befreit worden, in Bündeln von 100 Stück in den Handel gebracht. Man unterscheidet wohl helleres, dünnes **R.** als weibliches (Bindrotting) von dem stärkeren, dunkleren mit enger stehenden Knoten als männlichem (Handrotting); letzteres wird auch zu Spazierstöcken benutzt. In den europäischen Hafenstädten verarbeitet man es durch Zerschneiden, Spalten, Hobeln und Ziehen zu *Stuhl-* und *Korsettrohr*, *Rieten* für Webstühle etc. Die dünnsten, schnurenförmigen Streifen heißen *Schnur-* oder *Putzrohr* und werden in der Putzmacherei benutzt. *Stuhlrohr* wird oft durch Schwefeln gebleicht. Sehr viel **R.** wird für die Korbmacherei gefärbt, lackiert und vergoldet. Abfälle dienen als Polster- und Scheuermaterial. Durch besondere Bearbeitung gewinnt man aus *spanischem* **R.** ein Fischbeinsurrogat, das Wallosin, zu *Schirmstäben*.

auch etwas länger gerade aus vorwärts ginge, so könnte er doch nach seiner Uhr wieder umkehren, und im Ganzen gerade die vorgeschriebene Bewegung so machen, als wenn er hin und her gegangen wäre. Es wird gewiß nicht schädlich sein. Die milde Sonne that ihm durch die Widerprallungskraft des Felsens, als er einmal bis in die Hälfte des neuen Plazes vorwärts gekommen war, so wohl, daß er sich äußerst anmuthig fühlte. Auch waren ihm alle Dinge, die er herum sah, neu, sie gefielen ihm, und er hätte nie gedacht, daß er in einem Walde so zufrieden sein könnte. Da lag ein breiter weißer Stein dem Boden entlang, und verschiedene Kräuter begleiteten ihn. Links an der Wand waren noch mehrere Steine, die von ihr herab gebrochen waren: weiße, gelbe, braune, und noch allerlei andere. Es stand in ihnen rostfarbenes Gestrüppe, einzelne Ruthen und mehreres. Manches Mal saß ein Falter auf einem Steine und legte die schimmernden Flügel, derlei Herr Tiburius in seiner Heimath nie gesehen hatte, auseinander und sonnte sie. Manchmal flog einer stumm neben ihm, wie die stumme Luft, und ward gleich darauf nicht mehr gesehen. Auch bemerkte Herr Tiburius, daß ja da ein sehr angenehmer Wohlgeruch herrsche.

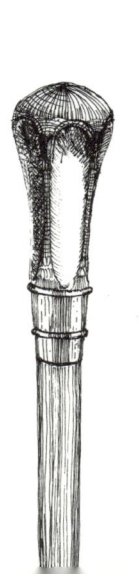

Er ging weiter. Zuweilen hielt er sein spanisches Rohr empor, drehte es langsam zwischen den Fingern und ergötze sich an dem Funkeln des Goldknopfes in der dunkeln, ruhigen, einsamen Luft. Nach einer Weile kam er zu verstümmelten Stämmen, von denen Pech herab rann. Er hatte das nie gesehen und blieb stehen. Die durchsichtige Flüssigkeit quoll in der Sonne aus der Rinde hervor, und die Tropfen standen, wie reines geschmolzenes Gold, das in einem Häutchen hing. Dann ging er wieder weiter. Es begegnete ihm eine Schaar wundervoll blauen Enzians, er sah sie an, und pflükte sogar einige Stämmchen.

Endlich war er schier an das Ende seines auserkorenen Spazierplazes gekommen. Das Waldwerk, welches er von Weitem als Schluß gesehen hatte, bestand in mehreren ziemlich weit von einander entfernten Bäumen. Tiburius blieb ein wenig stehen, um es anzusehen und zu überlegen, ob er hinein gehen solle, oder nicht. – Eidechsen schlüpften im Mittagsglanze, ein Wässerlein ging ungehört gegen die Tannen, und zwischen den Stämmen spannen luftige glänzende Herbstfäden, wie sie Herr Tiburius auch öfter zu Hause in dem Garten gesehen hatte. Ehe er da weiter ging, mußte er doch noch erforschen, was denn das für ein seltsamer Reif sei, der dort auf den entfernten Tannennadeln liege, und wie die Wolke aussehe, die weit draußen zwischen dem Grün der Bäume herein schaue, ob sie nicht etwa Regen drohe. Er nahm sein Taschenfernrohr heraus, machte es zusammen, und sah durch. Aber der Reif war nur der unsägliche Sonnenglanz, der auf der glatten Seite der Nadeln lag, und die Wolke war ein entfernter Berg, wie sie hier im Lande in einer großen Ausdehnung einer hinter dem andern stehen. Er beschloß also weiter zu gehen, insbesondere, da die Steinwand noch immer fortlief und Anfangs nur eine und dann nur einige Buchen zwischen ihm und ihr waren. Auch ging ein sehr wohlausgetretener schwarzer Pfad in die Bäume hinein. Tiburius mußte, als er diesen Pfad betrat, an den kleinen närrischen Doctor denken, der sich aus verschiedenen Stoffen diese Erde für seine Rhododendern und Eriken brennen muß, wie sie hier von selber liegt; und Eriken sah er hier unter den Stämmen viel schöner blühen, als sie der Doctor in seinen Töpfen erziehe. Er

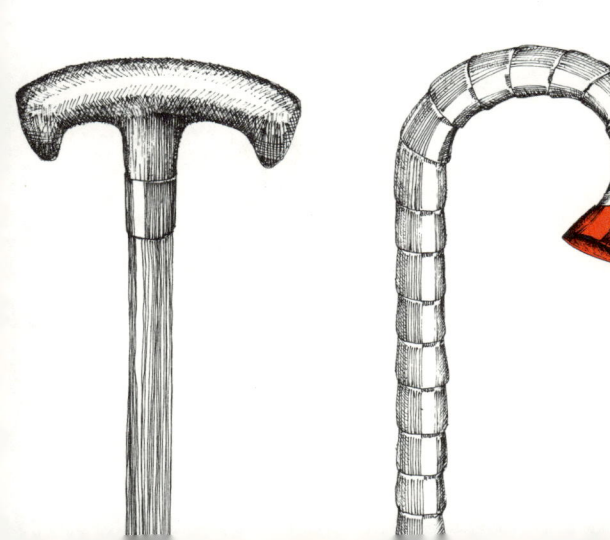

~ **Enzian.** *Gentiana lutea.* Vorkommen: echter und unechter E.; E.*schnaps,* Heilwirkung des E.: Unterstützung der Magensäfte. Stärkung der Nerven; Mittel gegen krampfhafte Zustände (Epilepsie, Veitstanz). E.*tropfen*: gegen Unwohlsein, schlechte Verdauung. E.*wein.*¶ Der richtige, gelbe E. wächst auf den Bergen. Das Beste an der Pflanze ist die *Wurzel,* mit dem scharf aromatischen Geruch und dem bitteren Geschmack.¶ Die E.*wurzel* ist sehr bitter und in dieser Beziehung mit dem *Wermuth* und dem *Tausendgüldenkraut* verwandt. Im Oberlande wird sie zur Verbreitung des E.*schnapses,* des sogn. *Enzianers* verwendet, der sehr stark ist. Ein Pfarrer erzählte mir, daß ein Liter von solchem E.*geist,* mit zwölf Liter Wasser vermischt, immer noch einen ausgezeichneten E.*branntwein* liefere. Das beweist, daß er sehr kräftig wirkt und nur kleine Portionen nöthig sind, um seine Wirkung erkennen zu lassen.¶ Die Hauptwirkung des *E.* sind: 1. Stärkung und Unterstützung der *Magensäfte.* 2. Stärkung der *Nerven.*¶ Durch die Verbesserung der *Magensäfte* geht die Verdauung leichter vor sich, das *Blut* wird besser, die *Nerven* werden kräftiger. Er wirkt im Magen auf die Speisen und dadurch auf das *Blut* und durch das *Blut* auf die *Nerven* und die *Gefäße.* Wir dürfen nicht vergessen, daß das *Blut* die Natur ernährt. Wenn unser Magen kräftige, einfache Nahrung bekommt, die vollkommen verdaut werden kann, dann gibt es auch gutes Blut. Gutes Blut macht aber die Natur widerstandsfähig und ausdauernd.¶ Was sind die Krämpfe anders als die Schwächen im Körper, Schwächen in den einzelnen Nerven, im ganzen Nervensystem? Nervosität ist heutzutage die Modekrankheit, an der Hunderttausende leiden und frühzeitig verkümmern. Diese Krankheit hat aber ihre Grundursache in der schlechten Blutbereitung. Wenn die E.*wurzel* aber der Natur gutes Blut verschafft, so wird diese dadurch gegen krampfhafte Zustände widerstandsfähiger.¶ E. ist daher auch recht gut anzuwenden bei krampfhaften *Anfällen,* bei *Epilepsie, Veitstanz.* Daß wir heute so viele kranke, schwächliche Naturen haben, daran ist gewiß hauptsächlich große Verweichlichung und die falsche Ernährung schuld. Theils durch die armselige Ernährung, theils durch Erbfehler bekommen die Kinder die Schwächen und Krankheiten, an denen sie ihr ganzes Leben hindurch zu leiden haben.
Sebastian Kneipp: Öffentliche Vorträge, 1892

~ **Anlagen um Ischl.** Rings in der Umgebung des Marktes sind seit zehn Jahren viele A. entstanden. Es gibt kaum irgend einen schönen Punkt (und deren finden sich wirklich unzählige in der himmlischen Umgebung Ischls), welcher nicht durch einen *Tempel*, einen *Sitz* u.s.w. bezeichnet wäre. Die Benennungen, welche man diesen A. größtentheils den Namen der *Stifter* nach verlieh, sind zum Theil etwas abentheuerlich, und geben Anlaß zu mehreren Bemerkungen von Seite der fremden Reisenden. Bei alle dem sind die Punkte dieser A. alle so gewählt und ausgezeichnet, daß ihr Besuch allein ein paar Tage des Aufenthaltes in Ischl auf die anziehendste Weise ausfüllen dürfte. – Ich beginne die Schilderung derselben mit *Schmalnauers Garten*, welcher zwar nicht eigentlich dazu gehört, aber als der nächste und besuchteste Punkt um Ischl hier nicht fehlen darf.¶ Man überschreitet die Ischl mit ihrem Rechen, und erhebt sich sogleich auf einen kleinen Hügel, auf dem man den ersten Weg rechts einschlägt, und dann, sobald man eine schöne Wiese überschritten hat, an dem Zaune des *Schmalnauer'schen Garten* steht. Im Garten selbst steht, vorwärts mit der Aussicht gegen Ischl, ein *Tempel* (nur mit einer Rückwand, vorne hin offen, durch Säulen getragen), noch ein anderes *Häuschen*, mehrere Tische und Bänke, und rückwärts der *Bauernhof Schmalnauers*. Hier beköммt man vortrefflichen *Kaffe*, und der Platz ist auch fortwährend äußerst besucht. *Schmalnauers Töchter*, sehr wackere, sittsame Mädchen, bedienen die Gäste; die ältere derselben, die sogenannte *Schmalnauerfranzel*, ist durch Waldmüllers Bild, durch die Lithographie vervielfältigt, auch in Wien bekannt geworden. – Die *Aussicht*, besonders aus dem *Tempel*, über das *Ischler Thal*, die angrenzenden *Gebirge*, und den im tiefsten Süd, bei heiterem Wetter hereinstrahlenden *Schneefeldern* des Dachsteins ist über Beschreibung herrlich, besonders im Abendlicht.¶ Auf und an *Schmalnauers Garten* befinden sich bereits mehrere der erwähnten A., z. B. *Elisebsruhe* (gestiftet 1823 von Frau Gräfin von Vitzan), *Magyarenbank* (gestiftet 1827 von Graf Karaczay) und endlich *Sophienssitz* (gestiftet 1823 von Freiherrin von Schweiger). Letzterer bietet einen besonders reizenden Überblick sowohl nach Süden über das *Ischler- und Laussnerthal*, als nach Westen hinüber in das Thal gegen *St. Wolfgang* und die dortigen Gebirge.

F. C. Weidmann: *Der Führer nach, und um Ischl, 1834*

Stellung der Stimmlippen bei Atmung und Sprache. 1. *Mittlere Atemstellung* 2. *Phonationsstellung* 3. *Kehldeckel* 4. *vordere Kommissur* 5. *Stimmlippe* 6. *geöffnete Stimmritze* 7. *geschlossene Stimmritze* 8. *Stellknorpel*

36

nahm sich vor, wenn er nach Hause käme, ihm von dieser Thatsache zu erzählen.

Tiburius ging auf dem Pfade fort, der von allerlei Dingen eingefaßt war. Manchmal lag die Moosbeere wie eine rothe Koralle neben ihm, manchmal strekten die Preißelbeeren ihr Kraut empor und hielten ähnliche Büschel von rothwangigen Kügelchen in den glänzenden Blättchen. – Die Bäume wurden immer dunkler, und zuweilen stellte ein Birkenstamm eine Leuchtlinie unter sie. Der Pfad glich sich immer, die kommenden Stellen waren wie die, die er verlassen hatte. Nach und nach wurde es anders, die Bäume standen sehr dicht, wurden immer dunkler, und es war, als ob von ihren Aesten eine kältere Luft herab sänke. Dies mahnte Herrn Tiburius umzukehren, da es ihm vielleicht auch sogar schädlich sein könnte. Er zog die Uhr hervor, und sah, was ihm ohnedem, als er aufmerksam geworden war, eine dunkle Vorstellung gesagt hatte, daß er weiter gegangen sei, als er dachte, und den Rükweg eingerechnet heute mehr Bewegung gemacht habe, als sonst.

Er kehrte sich also auf dem Pfade um, und ging zurück.

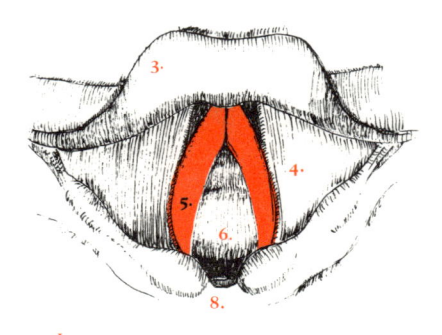

Er ging auf dem Rükwege schleuniger, da er die Gegenstände nicht mehr so beachten wollte, und ihm, seit er auf die Uhr gesehen hatte, darum zu thun war, den Wagen ehestens zu erreichen. Er ging auf dem Pfade fort, der genau so schwarz war, und so neben den Bäumen fort lief, wie auf dem Herwege. Als er aber schon ziemlich lange gegangen war, fiel ihm doch auf, daß er die Steinwand noch nicht erreicht habe. Auf dem Herwege hatte er sie links gehabt, nun hatte er sich umgekehrt, folglich mußte sie ihm jezt rechts erscheinen – aber sie erschien nicht. Er dachte, daß er vielleicht im Hereingehen in Gedanken gewesen sei, und der Weg länger wäre, als er ihn jezt schäze; deßhalb war er geduldig und ging fort – aber schneller ging er etwas.

Allein die Wand erschien nicht.

Nun wurde er ängstlich. Er begriff nicht, wie auf dem Rükwege so viele Bäume sein können – er ging um vieles schneller, und eilte endlich hastig, so daß er, selbst bei reichlicher Zugabe zu seiner Rechnung, nun doch schon längstens bei dem Wagen hätte sein sollen. Aber die Wand erschien nicht, und die Bäume hörten nicht auf. Er ging jezt von dem Pfade sowohl rechts als auch links bedeutend ab, um sich Richtung und Aussicht zu gewinnen, ob die Wand irgend wo stehe – allein sie stand nirgends, weder rechts noch links, noch vorn, noch hinten – – nichts war da, als die Bäume, in die er sich hatte hinein loken lassen, sie waren lauter Buchen, nur viel mehrere, als er beim Herwege gesehen hatte, ja es war, als würden sie noch immer mehr – nur die eine, die am Anfange zwischen ihm und der Wand gestanden war, konnte er nicht mehr finden.

Tiburius fing nun, was er seit seiner Kindheit nicht mehr gethan hatte, zu rennen an, und rannte auf dem Pfade in höchster Eile eine große Streke fort, aber der Pfad, den er gar nicht verlieren konnte, blieb immer gleich, lauter Bäume, lauter Bäume. Er blieb nun stehen, und schrie so laut, als es nur in seinen Kräften war und als es seine Lungen zuließen, ob er nicht von seinen Leuten gehört würde, und eine Antwort zurük bekäme. Er schrie mehrere Male hinter einander und wartete in den Zwischenräumen ziemlich lange. Aber er bekam keine Antwort zurük, der ganze Wald war stille und kein Laublein rührte sich. In den vielen Aesten, die da waren, sank die Menschenstimme wie in Stroh ein. Er dachte, ob nicht etwa die Richtung, in der er gerannt war, sich von der Straße, auf der sein Wagen stand,

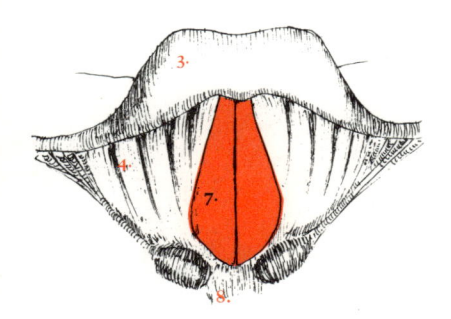

In die Welt

Das Wandern hat uns Gott bestellt,
es wandert alles in der Welt,
Was Füße hat und Flügel regt,
Ich lobe mir, was sich bewegt!

•

Der Vogel wandert durch die Luft,
Der Bach, wenn ihn der Frühling ruft,
Der Wind zieht froh von Ort zu Ort,
Reißt Düfte mit und Wolken fort.

•

Wie sich der Baum bewegt und schwingt,
Wenn Vogel ihm vom Wandern singt!
Er wurzelt fest, doch ich bin flink,
Ich folge froh dem Wanderwink.

•

Das Rränzel leicht, das Blut nicht schwer,
Die blaue Ferne lock: komm' her!
Wie geht sich's schön im Sonnenschein,
Die Welt ist weit, die Welt ist mein!

Ludwig August Frankl

~ **Die Stimmgebung.** Die Stimme wird im *Kehlkopf* erzeugt. Dieser befindet sich am oberen Ende der *Luftröhre* und dient sowohl zur Sicherung der unteren Luftwege vor Fremdkörpern (Flüssigkeiten, Speisen, Speichel) als auch zur **S.**¶ Innerhalb des Kehlkopfes befinden sich zwei mit Schleimhaut umkleidete Gewebelappen, die *Stimmlippen*, in denen feine Muskelstränge verlaufen. Sie werden im Volksmund auch *Stimmbänder* genannt.¶ Bei der Atmung sind die *Stimmlippen* geöffnet, so dass die Luft ungehindert ein- und ausströmen kann. Bei der **S.** werden sie jedoch geschlossen. Bevor *Stimme* erzeugt wird, muss zunächst eingeatmet werden. Nach der Einatmung wird die *Stimmritze* geschlossen. Die **S.** erfolgt mit Hilfe des Ausatemstroms. Dabei werden die aneinanderliegenden Stimmlippen durch die Atemluft, die aus der Lunge strömt, in Schwingung versetzt. Es entsteht der primäre Kehlkopfklang, der nun in den Räumen oberhalb der Stimmlippen, dem Ansatzrohr, verstärkt und geformt wird.

eher entferne, als nähere, da er sich etwa in dem vielen Suchen umgewendet haben könne, ohne es zu wissen. Dem zu Folge wollte er jezt wieder in der nehmlichen Richtung zurük rennen. Er warf noch eher den Enzian, den er noch immer in der Hand hatte und der ihn jezt mit dem fürchterlichen Blau so seltsam anschaute, weg und rannte dann zurük. Er rannte, daß ihm der Schweis hervor trat, und wußte nun wieder nicht, ob das die nehmlichen Gegenstände seien, die er im Herrennen gesehen habe. Als er eine so große Streke, die er früher nach der einen Richtung gemacht, jezt nach der entgegengesezten zurükgelegt zu haben glaubte und eine gleiche dazu, hielt er wieder inne und schrie abermals – allein er bekam wieder keine Antwort, es war nach seiner Stimme wieder alles stille. Hier war es auch ganz anders als an dem früheren Orte, und wildfremde Gegenstände standen da. Die Buchen hatten aufgehört; es standen Tannen da, und ihre Stämme strekten sich immer höher und wilder. Die Sonne stand schon schief, es war Nachmittag geworden, auf manchem Moossteine lag ein schrekhaft blizendes Gold, und unzählige Wässerlein rannen, eins wie das andere.

Herr Tiburius konnte es sich nicht mehr läugnen, daß er ganz und gar in einem Walde sei, und wer weiß, in welch großem. Er war nie in der Lage gewesen, sich aus solchen Sachen heraus finden zu müssen, und seine Noth war groß. Dazu gesellten sich noch andere Dinge. Er hatte in dem Hin- und Hergehen durch das Gras, als er von dem Pfade abgewichen war, um die Steinwand zu finden, nasse Füsse bekommen, er war im Schweise, und hatte nur einen einzigen dünnen Rok, der andere lag im Wagen, er durfte sich gar nicht niedersezen, um auszuruhen, so schön die Steine da lagen; denn er müßte sich verkühlen – und endlich lag auch das Fach mit der Arznei, die er heute Nachmittag zu nehmen hatte, zu Hause. Er sah das eine recht gut ein, was hier das nothwendigste war, nehmlich, statt hin und her zu laufen, lieber auf dem Pfade immer in derselben Richtung fort zu gehen; denn irgend wohin mußte der Pfad doch führen, da er so ausgetreten war. Es war noch ein großes Glük, daß wenigstens ein Pfad vorhanden war; denn welches Unheil wäre es gewesen, in einem weglosen Walde in diesem Zustande zu stehen.

Herr Tiburius entschloß sich also nach der zulezt eingeschlagenen Richtung des Weges fort zu gehen.

Er knöpfte den Rok, den er an hatte, fest zu, stülpte die Kragenklappen desselben empor, legte sie sich fest an das Angesicht und ging sehr emsig fort. Er ging fort, und fort, und fort. Die Hize des Körpers nahm überhand, der Athem wurde kurz, und die Müdigkeit wuchs. Endlich ging der Pfad bergauf und war ein gewöhnlicher Waldsteig geworden. Aber Tiburius kannte Waldsteige gar nicht. Steintrümmer der größten und fürchterlichsten Art lagen rechts und links an dem Wege, der oft über sie dahin ging. Einige waren in Moose gehüllt, die verschiedenes noch nie gesehenes Grün zeigten, andere lagen nakt und ließen den scharfen gewaltigen Bruch sehen. Großfingrige Fächer von Farrenkräutern standen da, und die hohen diken Stämme der Tannen, die aus all dem Dinge empor ragten oder auch da lagen, waren, wenn sie Tiburius angriff, feucht. — Eine Weile bestand der Pfad aus lauter kleinen Prügeln, die quer lagen, manchmal fast im Wasser schwammen, bei jedem Tritte sich rührten, oder doch, wenn sie selbst fest waren, ausglitschen machten. — Dann stand ein steiler Berg da. Der Pfad klomm ihn unverdrossen hinan, und Tiburius ging auf ihm fort. Als er oben angekommen war, war es eben und der Boden war sandig. Der Pfad lief hier gleichsam emsig und freudig

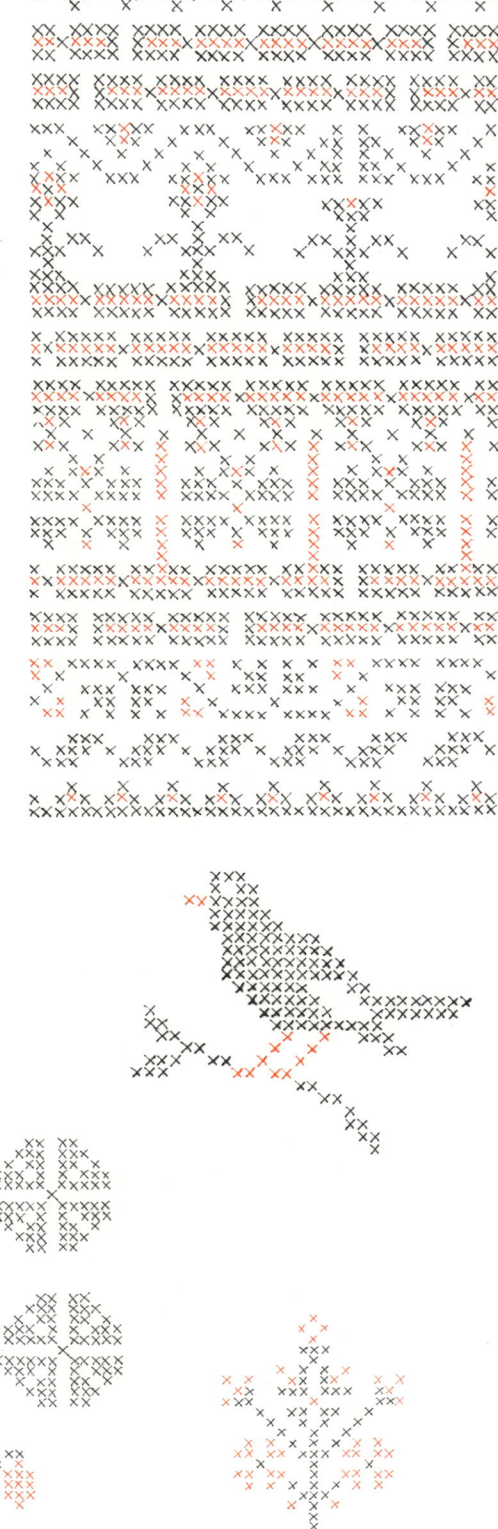

~ **Die Amsel.** Ist ursprünglich ein *Waldvogel*; erst mit der Entstehung der Städte ist sie in die vom Menschen geschaffenen Lebensräume vorgedrungen, so ist sie heute der mit am weitesten verbreitete *Brutvogel* in Mitteleuropa.¶ Im abendlichen Konzert der *Vögel* hat sie die tragende Stimme übernommen. Ihr wohlklingendes Flöten schätzen manche mehr als das Lied der Nachtigall. Das liebliche, gedämpfte Schlußmotiv wird bei geschlossenem Schnabel gesummt und klingt wie ein entferntes Echo. Die übrigen Laute der A. sind schriller. Mit nervösem, zeterndem Geschrei macht sie auf Gefahren aufmerksam. Ängstlichkeit drückt ihr »tschuk-tschuk« aus, wobei sie mit dem Schwanze wippt. In der Dämmerung ruft sie beharrlich »tix-tix«¶ *Stimme:* Ruf erregt »*tag tag*« oder sehr schnell »*tixtixtixtix*«, bei Bedrohung durch Bodenfeinde (Katze) verhaltenes »*duk duk*«, Luftfeindalarm (Sperber) »*zieh*«. Gesang volltönende Strophen von flötender und orgelnder Klangfarbe.

~ **Wadenkrampf.** Nach Überanstrengungen tritt der W. selbstständig namentlich im Alter auf. *Straffes Strecken* des vom Krampf befallenen Beines, so wie *Reiben* der Wade mit der flachen Hand hilft schon allein, was um so wertvoller, als man das Mittel sogleich in der Nacht, während welcher der Krampf gewöhnlich eintritt, zur Hand hat. Bei Tage verwende man zur Vorbeugung *Massage* mit Einreibungen von *Arnikatinktur*. Bisweilen genügt schon das öftere Waschen der Waden mit *kaltem Wasser*.
Die Äerztin im Hause, Wien ca. 1895

~ **Rathschläge zur zweckmäßigen Benützung der Zeit, bei längerem oder kürzerem Aufenthalt in Ischl.** Bei einem längeren Aufenthalte kann die sehr interessante Parthie nach *Gosau* gemacht werden. Man fährt nämlich von der *Gosaumühle* rechts durch ein sehr enges Tahl dem *Gosaubache* entlang auf der Strasse nach *Gosau*. Nach einer Fahrt von etwa 1 Stunde öffnet sich das sehr anmuthige freundliche *Gosauthal*, wieder in einer halben Stunde ist man in der Mitte des Thales, wo sich die Strasse theilt, indem die eine rechts über den *Paß Geschütt*, über *Abtenau* nach *Golling, Hallein* und *Salzburg,* während die Strasse links in das Hinterland führt. In einer halben Stunde ist man beim sogenannten hintern *Schmid*, von wo man einen Führer oder Träger nimmt, ›

vor Tiburius her, und dieser folgte ihm. Er wurde später aus dem scharfen Sande wieder schwarz, war breit, troken, drükte bei jedem Schritte gegen den Fuß, als ginge man auf Federharz und schlang sich so fort. Tiburius betrat ihn in sein Schiksal ergeben. Endlich war es Abend geworden, unheimliche Amselrufe tönten, und Tiburius ging in seinen unzulänglichen Rok geknöpft weiter. – Nach einer Weile war es, als rauschte es irgend wo unten. – Tiburius ging fort, das Rauschen tönte näher, aber es war nur Wasser, das den Wald eher schauerlicher machte, und von dem keine Hülfe zu erwarten war. Tiburius ging noch eiliger fort, er ging fort, und fort – und leider wieder aufwärts. Endlich, da er um einen sehr großen Stein, der gleichsam alles vor ihm verdunkelt hatte, hinum gegangen war, senkte sich der Weg abwärts und wurde sandig und geröllig. Auch standen mit einem Male nicht mehr die hohen Tannen neben ihm, sondern allerlei lustiges Gebüsch von dichtem Laube, namentlich Haselstauden, was jederzeit ein Zeichen ist, daß ein Wald aufhöre und man sich im Saume befinde. Herr Tiburius kannte aber solche Zeichen nicht. Er ging noch die Streke unter dem Gebüsche und auf den scharfen Steinen weiter, es wurde lichter, die Gebüsche hörten auf, der Wald war aus, und er stand hoch auf einer Wiese im Freien.

Er war in einem Zustande, in welchem er in seinem ganzen Leben nicht gewesen war. Die Knie schlotterten ihm, und der Körper hing vor Müdigkeit nur mehr in den Kleidern. Er empfand es, wie an seinem ganzen Leibe ohne seinen Willen die Nerven zitterten, und die Pulse klopften. Aber auch hier war keine Aussicht auf Hülfe vorhanden. Die Sonne war schon unter gegangen. Ueberall standen im kühlblauen Hauche des Abends Berge mit allerlei Gestalten herum, theils mit Wald bedekt, theils Felsen empor strekend. Weit draußen hinter dem Saume eines grünen Waldes ragte ein sehr ho-

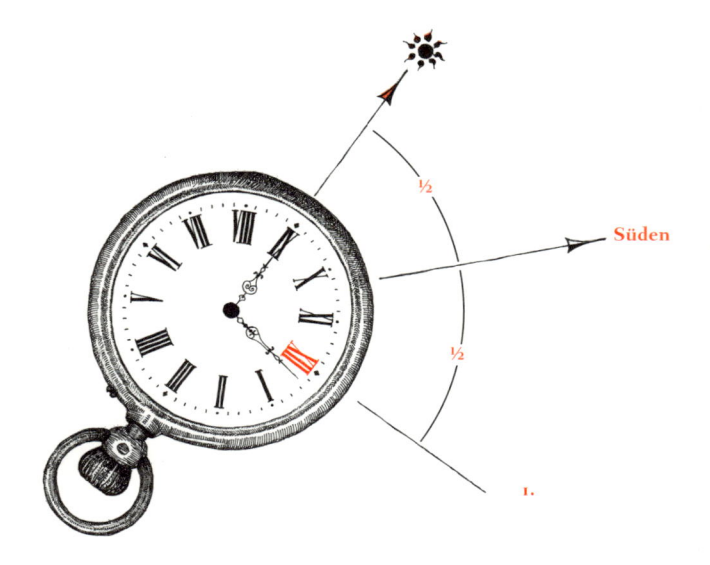

Süden

1.

her Berg heraus. Er hatte mehrere Felsenkronen, die empor standen. Zwischen diesen Kronen lagen drei sehr große Schneefelder, welche aber jezt rosenroth beleuchtet waren, und auf welche die Kronen Schatten warfen. Für Tiburius war dieses erhebende Schauspiel eher schrekhaft. Weit herum war kein Mensch und kein lebendes Wesen zu erbliken. Das Rauschen, welches er schon eine geraume Zeit in den Wald hinein gehört hatte, war ihm jezt erklärbar. In der Rinne des Thales, gegen welches die Wiese, auf der er stand, hinab ging, lief über Steine und Klippen ein grünes brodelndes Wasser heraus, und eilte links durch die Thaltiefe nach einander fort. Sonst war aber gar nichts zu erspähen, welches sich regte und rührte.

Tiburius sah, daß der Weg über den Wiesenhügel gegen das Wasser hinab gehe, und er dachte, da in dem Badeorte dasselbe grüne Wasser, aber in viel größerer Menge, dahin fließe, so könne leicht dieser Bach zu jenem grünen Wasser hinaus eilen, und etwa gehe der Weg daneben fort.

Er beschloß daher, dem Laufe des Pfades nach abwärts zu folgen. Er bezwang das stürmende Verlangen seines Körpers nach Ruhe — denn auf dem Grase lag überall schon der nasse Thau — und ging unter schmerzhaftem Vorwärtsstoßen seiner Kniee auf dem Pfade steil abwärts. Der Berg mit den rosenfarbenen Schneefeldern zog sich gemach unter den Wald zurük, bis nichts mehr, als kalt blaue oder grüne Anhöhen, mit Dunststreifen durchwebt, da standen.

Tiburius kam zu dem Wasser hinunter. Es hastete mit dem Blaugrün seiner Wogen und dem fliegenden weißen Schaume darauf nach einander hin – und was er eben gedacht hatte, traf hier unten ein: der Weg ging neben dem Wasser fort. Er schlug ihn also ein und strengte seine Kräfte, die gleichsam auflösend und trunken waren, aufs Neue und Lezte an.

und in ¾ Stunden zu Fuss beim vorderen *Gosausee* anlangt. Man hat hier die Aussicht über den schönen See, rechts die kolossalen *Donnerkögel*, und im Hintergrunde das herrliche *Gosauer Eisfeld* mit dem *Dachstein* am hintersten Rande desselben. Gegen Abend ist dieser Anblick am schönsten, weil da der See und das düstere Thal zwischen dem vordern und hintern *Gosausee* im dunklen Schatten liegt, während das *Schneefeld* noch in herrlichster Beleuchtung glänzt. Man geht auch vom hintern *Schmid* in 2 ½ St. auf die *Zwieselalbe*, von wo aus man ausser der vorerwähnten Aussicht auf die beiden Seen und den *Dachstein* auch eine sehr ausgedehnte Fernsicht gegen *Salzburg*, sowie südwestlich und südlich gegen den *Grossglockner, Grossvenediger* ect. ect. geniesst. Beim hintern *Schmid* erhält man ausser guten Kaffee auch verlässliche Führer und Sesselträger. Von hier machen gute Bergsteiger mit einem (besser zwei) Führer (à 7 fl.) die Parthie auf den *Gipfel des Dachsteins* in 11 Stunden. Man kann, wenn man will, den Rückweg über das *Hallstätter* (Karls-Eisfeld) nach *Hallstatt* in fünf Stunden machen.
Der verlässliche Führer im Badeort Ischl und dessen Umgebung, 1864

~ Seitenschmerzen, Seitenstechen. Je nach deren Wesen ist zu verfahren.¶ Sind *Blähungen* die Ursache, so trinke man heißen *Kamillen-* oder *Pfefferminztee*. Bei *rheumatischer* Natur sind allgemeine *schweißtreibende* Verfahren vorzunehmen. Oder man siede *Leinsamen* in Wasser, tauche ein Leintuch darein und bringe dieses möglichst warm auf den schmerzenden Teil. Heftig wieder kehrendes Stechen ist Anzeichen von *Lungen-* oder *Brustfellentzündung*; man verwende darauf große Aufmerksamkeit und mache warme *Heuumschläge* bis zu sachkundiger Hilfe.
Die Ärztin im Hause, Wien ca. 1895

Süden

Die Bestimmung der Himmelsrichtung mittels des Sonnenstandes und einer Uhr. Man richte den kleinen Zeiger der Uhr auf die Sonne und halbiere hernach den Winkel bis 12 Uhr. Die Winkelhalbierende zeigt direkt gen Süden. Hierbei ist zu beachten, daß, vom Vormittag zum Nachmittage verschieden, je der spitze Winkel zur Bestimmung herangezogen wird. 1. am Vormittag 2. am Nachmittag.

~ **Holzfällerwerkzeuge.** Der *Kant-, Kehr-* oder *Wendehaken* dient ausschließlich zum Wenden von Stammholz. Durch den Ring des Hakens wird eine stabile Holzstange gesteckt, die mit einer Spitze versehen ist. Dadurch läßt sich der Haken auf verschiedene Stammdurchmesser anpassen.¶ Mit der *Greiferzange* lassen sich Lasten heben. Die *Zange* trägt eine Last sicher, ist schnell angeschlagen und läßt sich nach dem Heben ebenso schnell wieder lösen.

~ **Der Kurbedürftige habe immer den eigentlichen Zweck seines Hierseyns im Auge.** Und man folge seinem Wohlmeinenden Arzte. Alles Andere sey Nebensache.¶ Man stehe um 5 Uhr, längstens 6 Uhr früh auf, da der Morgen der schönste und erquickendste Theil des Tages ist, lege sich aber dafür längstens um 10 Uhr zu Bette, indem nichts Schädlicheres während einer *Kur* gedacht werden kann, als das Schwärmen in die Nacht hinein.¶ Man kleide sich Morgens und Abends etwas wärmer.¶ Der Vormittag sey dem *Kur* gewidmet, der Nachmittag der nothwendigen *Erhohlung* und *Zerstreuung*.¶ Wird das bis jetzt Gesagte befolgt und beherziget, so kann man des guten Erfolges gewiss seyn, und wird die Freude haben, seine *Gesundheit* wieder zu erlangen.¶ Nach geendeter *Bade-* oder *Trinkkur* soll man soviel möglich die während der *Kur* angefangenen Lebensweise noch einige Zeit fortsetzen; denn die Nachwirkung ist ein wichtiger, sehr zu berücksichtigender Moment.¶ Somit wünsche ich allen Kranken eine vollkommene Genesung!
Dr. Jos. Brenner, Ritter von Felsach: *Kurze Anleitung zum Gebrauche der verschiedenen Heilanstalten in Ischl, Salzburg 1842*

Da er eine Weile so gegangen war und bereits Dunkelheit einzutreten begann, hörte er plözlich troz des Rauschens, das der Bach in ziemlicher Tiefe unter ihm veranlaßte, Tritte hinter sich. Er sah um, und erblickte einen Mann, der hinter ihm her ging und ihn eben eingeholt hatte. Der Mann trug eine Axt über den Rüken, mehrere eiserne Keile~ über die Schultern, und hatte starke Holzschuhe an. Tiburius blieb stehen, ließ ihn vollends an sich kommen, und fragte dann: »Guter Freund, wo bin ich denn, und wo finde ich denn in das Bad hinaus?«

»Ihr seid auf dem Wege zum Bade,« antwortete der Mann, »aber in der Keis draußen theilen sich die Wege wieder, und der bessere geht in die Zuderhölzer hinauf, da könntet ihr euch verirren. Weil ich ohnedem auf dem nehmlichen Wege gehe, so könnt ihr mit mir gehen, ich werde euch hinaus führen. – Wie seid ihr aber denn hieher gekommen, wenn ihr nicht wisset, wo ihr seid?«

»Ich bin ein Kranker,« sagte Herr Tiburius, »heile mich durch den Gebrauch des Bades,~ bin auf der Straße ziemlich weit fort gefahren, bin dann spazieren gegangen, und habe mich in dem Walde verirrt, daher ich meinen wartenden Wagen nicht mehr finden konnte.«

Der Mann mit den eisernen Keilen sah Herrn Tiburius nach der Seite von oben bis unten an, und mit einem Zartgefühle, das diesen Menschen so gerne eigen ist, und das man ihnen ungerechter Weise nie zuschreibt, ging er nun, da er ihn betrachtet hatte, viel langsamer, als sonst seine Art war.

»Da seid ihr durch das Schwarzholz gegangen, wenn ihr nehmlich über die Glokenwiese zu dem Wasser herab gekommen seid,« sagte er.

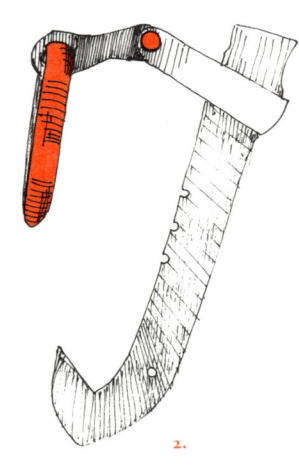

1.

2.

»Ja, ich bin über eine Wiese, die rund und steil, wie eine Gloke war, zu diesem Wasser herab gestiegen,« antwortete Herr Tiburius.

»So – so –,« sagte der Mann darauf, »da gehen die Leute nicht gerne herauf, weil es so wild ist, und darum wußtet ihr nicht, wo ihr seid.«

»Ja, ja,« antwortete Herr Tiburius, »und wer seid denn ihr, daß ihr da so gegen die Nacht hin in diesem Graben heraus gehet?«

»Ich bin ein Holzknecht,« sagte der Mann, »und gehe heute nur aus Zufall hier heraus, weil ich dem Gewerkmeister in der Zuder eine Bothschaft bringen muß. Da habe ich mein Geräthe mitgenommen, daß ich es schärfe; denn mein Haus steht nur eine halbe Stunde von da links. Wir hauen in den Holzschlägen, die etwa sechs Stunden oberhalb des Plazes liegen mögen, an dem ich euch getroffen habe. Jezt gehen wir immer am Montage hinauf und am Samstage herab. Sonst bleiben wir auch zuweilen einige Wochen oben. Ich habe heute noch bis Nachmittag geholfen, dann bin ich herabgestiegen.«

»Und wann geht ihr wieder hinauf?« fragte Tiburius.

»Ich bleibe heute bei meinem Weibe,« sagte der Holzknecht, »dann gehe ich morgen um drei Uhr früh in die Zuder zu dem Gewerkmeister, und von ihm wieder zurück in den Holzschlag, daß ich den Nachmittag noch zur Arbeit habe.«

»Das thut ihr alles in einem Tage,« sagte Tiburius, »und dauert es so das ganze Jahr fort?«

»Im Winter ist es leichter,« antwortete der Holzknecht, »da sind wir im Thale, und oft wird nur bei dem Fuhrwerke die Zeit hingebracht.«

»So, so,« antwortete Herr Tiburius, indem er neben dem Manne mühsam einherging.

▸ **Arbeitsalltag der Holzknechte.** Zu den schwierigsten Arbeiten der **H.** gehört der *Abtrieb* des Waldes, das *Herabbringen* der gewaltigen Stämme in das Thal und das *Verflößen* des Holzes auf den Gebirgsbächen und Flüssen, eine mühsame, gefahrvolle Arbeit, die einen starken Arm und sicheres Auge nebst Geschicklichkeit und Gewandtheit erfordert. Die Holz- und Floßknechte, kurzweg *Flözer* genannt, sind darum auch wetterharte, furchtlose Gesellen, denen es aber auch an Humor nicht fehlt.

Ein Arbeitstag der Holzknechte. Vor dem Sonnenaufgang weckt der *Paßknecht* seine Arbeitskameraden mit dem Ruf »Buam auf Gottes Nam«. Nach dem Frühstück wird gemeinsam gebetet und zum Arbeitsplatz aufgebrochen; beim Verlassen der Hütte besprengen die **H.** einander mit *Weihwasser,* um gegen Unglück gefeit zu sein. Am Arbeitsplatz wird eine kurze Rast gemacht, um »das Unglück vorbeiziehen« zu lassen. Bis zur Mittagszeit wird, abgesehen von kurzen Rauchpausen, durchgearbeitet. Die Mittagsmahlzeit wird durch den Ruf »Buam zum Brot« oder den *Klopfzeichenknecht* bekanntgegeben. Nach dem Essen wird das Geschirr sofort gereinigt und auf seinen Platz gegeben; die nächsten 20 Minuten gehören dem Erholungsschlaf, der entsprechend der Witterung im Freien oder in der Hütte gehalten wird. Mit Einbruch der Dunkelheit ziehen die **H.** wieder zu ihrer Hütte zurück.
Die österreichisch-ungarische Monarchie in Wort und Bild, Wien 1889

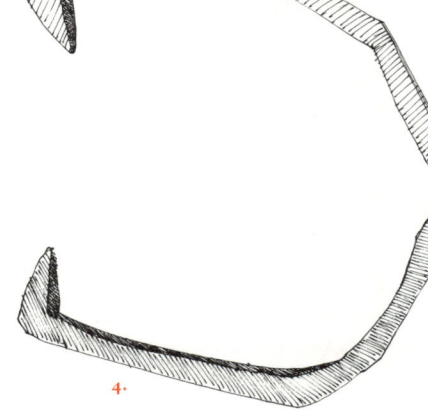

Holzfällerwerkzeuge. 1. Kanthaken 2. Kehrhaken 3. Wendehaken 4. Greiferzange

~ **Das sogenannte Kurtragen.** An keinem Badeorte in der Welt hegt man vielleicht eine so große Sehnsucht ins Freie nach entfernten Punkten auf Berghöhen, als in Ischl, wo die paradiesischen Umgebungen und die idyllischen Alpengefilde unaufhörlich neue Reize enthüllen und die köstlichen *Luftgenüsse* gewähren; daher die Plätze und Gässen des Marktes während sonnenheller Tagesstunden oft minder belebt erscheinen, als dies an den anderen selbst weniger besuchten Badeorten wahrgenommen wird, wo der Mangel an *Naturschönheiten* und an *Luftparthien* auf Seen und Bergen die Salons und gezierten Promenaden bevölkert, allein die Befriedigung dieses Wunsches und dieser Ausflüge ist hier oft zum Theile mit großen körperlichen Anstrengungen verbunden, und nicht jeder Kurgast ist körperlich stark genug, oder auch gewohnt, mehrere Stunden lang durch Gefilde zu wandern, wo keine *Equipage*, ja nicht ein einspänniges Wägelchen wegen der Beschaffenheit der Gegend und der bloßen Fußwege fortkommen könnte, oder auch um immer auf Bergen und oft sogar manche Strecke ziemlich steil emporzusteigen. Zu diesem Behufe wurden die Anstalten gegründet, welche für die zu unternehmenden Touren von *Luftparthien* und der Gesundheitsverhältnisse der Personen anpassende *Tragsessel* in Bereitschaft halten, als offene und geschlossene *Glastragsessel*. ¶ Die Vorstände und Meister dieser Sesselträger, wozu redliche, gut gesittete rüstige, mit den Gegenden, Wegen und Gebirgspfaden wohlbekannte Männer, welchen man in jeder Hinsicht ohne mindeste Besorgniß sich anvertrauen kann, gewählt wurden, heißen *B. Brandhuber* und *M. Hirsch*. Hirsch dürfte besonders genügen und anzuempfehlen sein.

Fremdenführer in Ischl und Umgebung von Leopold Mayr, 1857

Derselbe erzählte ihm noch mehreres von seinem Handwerke, wie sie es betreiben, wie sie nebstbei in den Hochgebirgen leben, und welche Gefährlichkeiten und Abenteuer sich dabei ereignen. Unter diesen Worten kamen sie immer weiter, bis sich, so viel man in der bereits eingetretenen Nacht erkennen konnte, das Thal erweiterte, und sie wieder auf einem ziemlich steilen Wege herab stiegen. Der Holzknecht hielt sich bei Tiburius auf, unterstüzte ihn, und leitete ihn an dem Arme abwärts. Als sie wieder in der Ebene waren, und noch eine Streke zurük gelegt hatten, standen kleine Häuschen mit Lichtern da.

»So,« sagte der Holzknecht, »wir sind hier an Ort und Stelle. Ich bin weiter mit euch gegangen, als mein Weg war, weil ihr so krank seid und nicht fort kommen könnt; aber hier ist es schon recht leicht, geht nur noch die Gasse hinein, und dann gerade fort, da werdet ihr bereits die Häuser kennen. Ich muß umkehren, weil ich nun beinahe zwei Stunden nach Hause habe, weil die Nacht kurz ist, und ich um drei Uhr wieder aufbrechen muß.«

»Lieber, guter Mann,« sagte Tiburius, »ich kann euch ja gar nicht belohnen,~ weil ich kein Geld habe; denn dasselbe hat immer mein Diener, der jezt nicht hier ist. Geht nur mit mir in meine Wohnung, daß ich euch eure Gutthat vergelte, oder nehmt hier meinen Stok und leihet mir den euren, ich bleibe noch bis tief in den Herbst hier, heiße Theodor Kneigt, und wenn ihr oder ein anderer den Stok bringet, um ihn gegen den eurigen auszutauschen, so werde ich meine Schuld mit Gewissenhaftigkeit zahlen.«

»Denkt nur,« sagte der Holzknecht, »daß ich auch noch mein Geräthe zu schärfen habe. Ich kann gar keine Zeit mehr verlieren. Den Stok aber nehme ich recht gerne an, und werde ihn schon einmal

Sesselträger-Preis-Tarif *für den Curort Ischl.*

1. Gedeckte Tragsessel.	fl.	kr.
Für einen Bade- oder Visitengang am Orte selbst bei Tag	—	30
Für einen Bade- oder Visitengang am Orte selbst bei Nacht	—	40
Für einen Bade- oder Visitengang nach den Häusern auf den Haischberg, Jaizen, Roith, Reitterndorf, Kaltenbach bei Tag	—	46
do. bei Nacht	—	56
Villa Hohenbruck hin und zurück bei Tag . . .	1	50
do. do. bei Nacht . . .	1	80
Wartgeld für für 1 Stunde	—	30

Fremdenführer in Ischl und Umgebung von Leopold Mayr, 1857

bringen; denn ich habe auch zwei Kinder, und wenn ihr diesen etwas geben wollet, so ist es mir schon recht, und der Mutter wird es auch schon recht sein.«

Nach diesen Worten tauschten sie die Stöke um, und nahmen Abschied. Tiburius ging langsam, sich auf das kurze Griesbeil~ des Holzknechtes stüzend, an den Zäunen der kleinen Gärtchen der hier stehenden Häuser hin, und hörte noch die jezt viel schnelleren Tritte des Holzknechtes, der mit seinen Eisenkeilen beladen, hölzerne Schuhe an den Füßen tragend, und ohne Stab – denn Tiburius Rohr mit dem feinen Goldknopfe war nicht zu rechnen – seinen Rükweg nach der zwei Stunden entfernten Hütte einschlug.

In dem Gasthause, in welchem Herr Tiburius wohnte, waren sie alle erstaunt, da sie ihn in der Nacht zu Fuße mit einem Griesbeil ankommen sahen. Der Wirth erkundigte sich bescheiden, die andern sagten es sich einer dem andern, daß es auch noch wie ein Lauffeuer in die übrigen Häuser des Ortes lief. Tiburius aber erzählte schnell dem Wirthe den Vorfall, stieg noch mit dem Griesbeil in seine Wohnung hinauf, sezte sich dort in seinen bequemen großohrigen Rollsessel und verlangte zu essen. Man stellte ihm ein Tischlein vor den Rollsessel, dekte es und stellte verschiedene Speisen darauf. Als er zu essen angefangen hatte, fragte er, ob der Wagen zurük gekommen sei. Man antwortete ihm mit Nein, und er ersah hieraus, daß sein Kutscher und sein Diener noch auf dem Plaze warten mögen. Daher bezeichnete er die Stelle und befahl, daß man sogleich um sie hinaus sende. Nachdem er gegessen hatte, kleidete ihn sein zweiter Diener, der zu Hause geblieben war, aus, und brachte ihn zu Bette. Als Herr Tiburius lag, gab er den Befehl, daß niemand in das Schlafzimmerchen herein komme, wenn er nicht läute, und als sich hierauf der

~ **Das Griesbeil.** auch *Flößerhaken*. *Grieß* bedeutet der Platz am Ufer eines Flusses, auf dem das *geflötzte* Holz gesammelt wird (flaches, sandiges Ufer), daher *Grießamt, Grießmeister, Grießrecher*.¶ Das G. trägt an einem Öhr zwei senkrecht aufeinanderstehende Dorne von etwa 10 cm Länge, die eine schräg verlaufende, gehärtete Scheide haben. Der oval ausgeformte, gerade Stiel, meist auch mit dem Klaftermasse versehen, ist 1,50 m lang. Die Verwendung erstreckte sich früher vom praktischen *Wanderstecken* des Holzknechtes – um sich über die Klüfte zu schwingen oder über Felsen hinaufhaken zu können – über das Leiten der Holzscheiter zum Beginn der Reise bis zum Auffangen und Abstoßen des *Schwemmholzes*.¶ Heute wird das G. noch zum Aussortieren und Aufschichten von *Schichtholz* verwendet. Zum Herausziehen und Aussortieren der Scheiter dient der waagrechte Dorn, zum Aufschichten wird der senkrechte Dorn in das Scheit gestochen. Das Scheit kann nun leicht aufgehoben werden, ohne daß sich der Arbeiter dabei bücken muß.

		Trinkgeld per Träger
11. Gedeckte Tragsessel *hin und zurück.*	fl. | kr.	kr.
Für eine Cur-Promenade 1 Stunde . . .	1 | 20	15
Zu den Häusern auf dem Haischberge,		
Karolinen-Panorama, Karolinen-Platz,		
Fürstenplatz zum Stefanienplatz 1 Stunde	1 | 20	15
Kalvarienberg, Kaltwasser-Anstalt . . .	1 | 30	15
Ahorn, Rudolfsbrunnen, Sophienplatz, Wirershain,		
Brandenberf, Schmalnau, Redtenbachmühle,		
Trenklbach, Gstötten 1½ Stunde . . .	1 | 60	20
Hohenzollern-Wasserfall, Heinrichs-Erinnerung,		
Henriettenshöhe, Redtenbach-Wildniß,		
Karthereck und Pfandl	2 | 10	20
Nussensee, Zimitz-Widniss, Salzberg. . .	3 | 20	20
Hohes Traxlegg, Rosa's Wasserfälle . . .	2 | 80	20
Kolowratshöhe, Hochmuth, Jainzenberggipfel .		
Ueber Schwarzensee nach Schwarzbach,		
Kapitel-Alpe	6	35

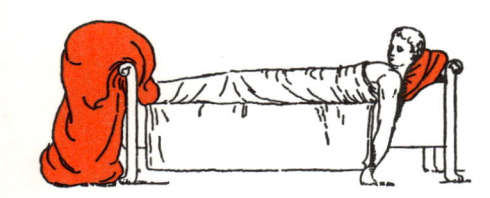

~ **Schweißtreibend.** Behandlung durch Hausmittel: *Holunder-, Lindenblütentee, Kamille* zu gleichen Teilen zum Tee, recht warm getrunken oder recht warmes *Zuckerwasser* mit *Zitronensaft.* Bei Herzkrankheiten mache man einen *Wickel,* nur vom Magen abwärts, und lasse das Herz frei.
Die Ärztin im Hause, Wien ca. 1895

~ **Bettruhe während der Cur.** Um 5 Uhr sey man wieder wach. Man beraube sich nicht durch Nachtwachen des so wohlthätigen Schlafes; Verstimmtheit, Eingenommenheit des Kopfes, eigene Müdigkeit sind die übeln Folgen, die den andern Morgen sich einstellen; man verschiebt dann gern das Brunnentrinken über die gebührliche Zeit, oder unterläßt es gar, und verfehlt so den Zweck seiner Bestimmung an dem Curorte.

~ **Diät bey schwacher Constitution.** Höchst empfindliche, reizbare, schwächliche Individuen mögen allenfalls eine kleine Tasse *Kaffee, Tee* oder *Rindersuppe* nehmen; doch beschränke ich dies gerne auf die ersten 5 bis 8 Tage.
Dr. Jos. Brenner, Ritter von Felsach: Kurze Anleitung …, Salzburg 1842

~ **Die Molke und deren Heilwirkung.** Mit Geschick täglich frisch durch *Labzusatz* aus einer von den Alpen herablangenden *Kuh-* und *Ziegenmilch,* so wie auch theilweise aus *Schafmilch* bereitet, zeigt sie immer ein klares halbdurchsichtiges, gelbgrünliches Aussehen und reagiert mit nur höchst seltenen Ausnahmen stets neutral. An sich eine *Milchflüssigkeit* ohne *Casëin,* mit dem sich bei der Abscheidung das Fett und ein Theil der Salze, insbesondere der *phosphor. Kalk* verbindet, bietet die **M.,** durch ihren reichlichen Milchzuckergehalt, so wie durch die in ihr nach restirenden Milchsalze ein äusserst schätzbares *Heilmittel,* das je nach der schnellern oder langsamern Aufeinanderfolge (10–15 Min.) der einzelnen grössern oder kleinern Gaben (8–6 Unz. Bechern) eine bald mehr lösende, bald alterirende (die Stoffmetamorphose umändernde), bald nur mehr nährende Wirkung äußert. Durchschnittlich hält die *Ziegen***M.** die Mitte zwischen der mehr lösenden *Kuh-* und der mehr nährenden *Schaf***M.,** doch hängt in dieser Beziehung viel von der Individualität des Kranken ab. — ›

Diener entfernt hatte, zog der Kranke die zwei Deken, mit denen er sich zugehüllt hatte, bis an das Angesicht empor; denn er wollte auf diese große Erregung einen Schweis˜ erzielen, weil dieser vielleicht noch alles abwenden könne. Nach einer kurzen Zeit that Herr Tiburius die tiefen Athemzüge des Schlafes. — —

Wir wissen nicht, was sich in der Nacht ereignete, und können nur erzählen, wie es am andern Tage gewesen sei.

Als Herr Tiburius erwachte, war es heller Tag. Die Sonne schien herein, und die rothen Chinesen, die auf der seidenen spanischen Wand waren, erschienen beinahe flammenroth, weil die Sonne durch sie hindurch schien; aber sie waren troz dem sehr freundlich. Herr Tiburius sah lange Zeit auf sie hin, ehe er sich regte. Die Wärme des Bettes war unendlich behaglich.˜ Zulezt mußte er sich doch entsinnen, und untersuchen, was ihm weh thue. Der Kopf that ihm nicht weh, er wußte nicht, ob ein Schweis gekommen sei, weil er geschlafen hatte, die Brust that auch nicht weh, der Magen war wohl, nur daß er sehr großen Hunger˜ anzeigte, und die Arme waren nicht steif, und hatten auch kein Ziehen und Reißen. Er nahm die Uhr, die bei dem Bette lag und sah darauf. Es war zehn Uhr und die Molkenzeit lange vorüber. Gebadet hatte er sonst auch immer früher, aber er konnte es ja heute später thun. Nun regte er die Füße und strekte sich — — aber siehe, die thaten ihm fürchterlich wehe, vorzüglich der Oberfuß, allein es war nicht der Schmerz einer Krankheit, das erkannte er gleich, sondern die Müdigkeit, die im Ausruhen sogar etwas Süßes hatte. Er blieb wieder ruhig liegen. Er konnte sich nicht erwehren, in der Häuslichkeit, die er so in dem Bette hatte, eine kleine Schadenfreude zu empfinden, daß er die Molken˜ verschlafen habe. Er schaute auf das Fenster und sein schönes Kreuz hin, in das

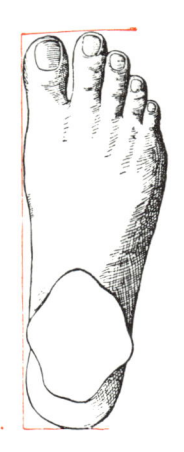

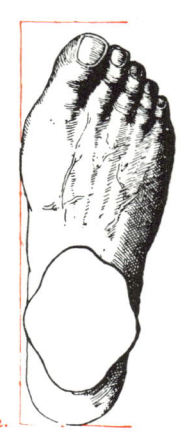

das Glas gefaßt war, und er schaute auf die gemalten Schnörkel der Wände und auf die umliegenden Geräthe.

Endlich läutete er doch. Es kam Mathias der Diener herein, der gestern mit gewesen war. Herr Tiburius stand nicht auf, sondern fragte ihn, was sie denn mit dem Wagen angefangen hätten, da er nicht gekommen sei.

»Wir blieben ruhig stehen,« sagte der Diener, »wie es gewöhnlich der Fall war, wenn Euer Gnaden hin und her spazieren gingen. Wir sahen Sie später nicht, machten uns aber nichts daraus. Als eine Stunde vergangen war, schauten wir öfter auf die Uhr, als dann noch eine Stunde verging, schauten wir noch öfter. Als ich später sagte, ich würde nach gehen und herum sehen, antwortete Robert der Kutscher, das sei ein Fehler, weil Euer Gnaden immer sagten, wir sollen genau das thun, was befohlen wird, und nicht mehr und nicht minder, und weil Euer Gnaden scharf darauf sehen, daß es so sei. Was würde entstehen, sagte er, wenn der Herr von einer andern Seite käme, fort fahren wollte, und du nicht da wärest. Dies sah ich ein, und ließ das Suchen fahren. Als wir noch immer standen und die Sonne schon untergehen wollte, wurde uns bange. Jezt meinte Robert selber, ich solle gehen und rufen. Ich lief in den Wald und schrie, aber es kam keine Antwort. Dann lief ich kreuz und quer und schrie immer, allein es kam keine Antwort. Als es schon stark Abend war, ging ich zu den Steinhäusern hinüber, die nicht weit von unserem Plaze jenseits des Thales lagen, und holte Männer, welche in dem Walde suchen helfen sollten. Sie gingen mit, wir zündeten Pechfakeln an, und suchten und schrieen bis nach Mitternacht. Robert, zu dem ein Bothe gekommen war, ist früher nach Hause gefahren, wir aber sind erst um drei Uhr zurück gekommen, da die Leute bis zu

Den erwähnten Wirkungen zu Folge verschiedenartig in den mannigfachsten Krankheiten mit Erfolg gebraucht, findet selbe in Ischl insbesonders ihre ausgebreitetste Anwendung bei *brustschwachen* Personen, die eine zarte *Constitution* zur Schau tragen, eben erst mit den Anfangserscheinungen einer sich entwickelnden *Tuberkulose* behaftet sind. Eine theilweise hier verknüpfte *Milchdiät* erhöht in solchen Fällen oft den wohlthätigen Erfolg. – Gleichwie anderwärts wird auch in Ischl die **M.** allein oder als Zusatz zu den Bädern benützt, was insbesondere bei manchen *erethisch-nervösen* Damen mit Nutzen geschieht.
J. Ad. Frankl: Aerztliche Winke…, Prag 1863

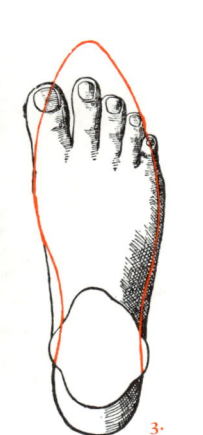

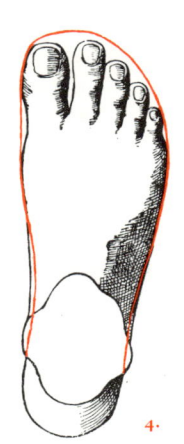

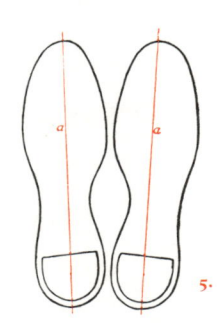

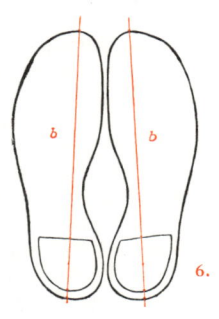

Fußschäden. 1. *Fuß normal* 2. *Fuß verdorben* 3. *Normalfuß falsch beschuht* 4. *Normalfuß richtig beschuht* 5. *Sohlen üblicher (falscher) Gestalt* 6. *richtige Sohlen*

den ersten Häusern mit mir gegangen sind, wo ich sie bezahlte und zurück schikte.«

»Es ist schon gut,« sagte Tiburius lächelnd, »du kannst wieder hinaus gehen.«

Der Diener ging. Herr Tiburius aber stand nicht auf, sondern kehrte sich um, lächelte in sich hinein, und war recht vergnügt, daß er in dem großen Walde gewesen sei und das Abenteuer bestanden habe.

Endlich, nachdem noch eine ganze Stunde vergangen war, wollte er aufstehen. Er klingelte wieder, und der hereingerufene Diener half ihm aus dem Bette, und kleidete ihn an.

Herr Tiburius ließ heute schon das Baden aus, es war bereits zu spät, und könnte nur Störungen verursachen. Aber etwas anderes that er, was er kaum zu verantworten vermochte. Er konnte sich nehmlich nicht erwehren, er frühstükte sehr viel Fleisch, und dann reute es ihn freilich.

Aber es hatte keine üblen Folgen.

Von nun an that Herr Tiburius wieder alles in der Ordnung, wie es ihm in dem Bade vorgeschrieben war, nur daß die Müdigkeit der Füße, die er sich in dem außerordentlichen Gange zugezogen hatte, schier acht Tage anhielt, und ihn selbst zu gewöhnlichem Gehen beinahe untauglich machte. Aber immer dachte er in der Zeit an den

~ **Diät bey den Trinkkuren.**¶ *Das Essen.* Bey jeder Trinkkur hat man eine gesunde leichte Nahrung zu halten, und sey auch im Genuss mässig. – Gute Suppe ohne erhitzende Gewürze, junge nicht blähende Gemüse, gutes, zartes, weich gekochtes Fleisch, vorzüglich gebratenes, Fische, besonders Saiblinge, Forellen, Hechte sind die besten Speisen. Man vermeide alles Fette, Geräucherte, Saure, Obst, mit Ausnahme der *Erdbeeren,* die dem gleichen Zweck entsprechen. Man halte sich an Neubeks folgende Stelle:
Gleich Einsiedlern zu fasten am reichen Natur-Mahl, Ist nicht der Göttin Befehl, nur Prassergerichte versagt sie. /Mässigkeit, unter'm Gefolg Hygiäen's die liebste Huldinn, /Sein Vorlegerin dir. Demeter besetzt vor allen /Dir mir dem Marke der Aehre den Tisch, mit Früchten Pomona, /Pales mit nährender Milch, und wenn die Gewalt der Gewohnheit /Fordert des Fleisches Genuss, mit der Blüthe der röthlichen Heerde, /oder dem heurigen Spätling der Trift. Dir nähret der Bergfrost /Zartes Gewild, den Fasan, das Haselhuhn und der Birkhahn. Dass zu kosten Dich nimmer gelüste von jenem Gefieder, /Welches im Schilfrohr nistet der Wildness, oder dem Sumpfteich /Mit Schwimmfüssen durchrudert! Sein Fleisch zwar nennet der Prasser /Schmackhaft; doch dich verleite sein Lob zum verbotenen Genuss nicht! /Nur des Ackerers Hunger bezähmt die bäotische Nahrung, /Welche der Bataver presst, und der Hirt in den Thalen der Alpen. Ceres Geschenk, zu festen, gequollenen Klumpen geründet, /Und in dem wallenden Kessel zum zähen Teige verdichtet, /Sey nur dem Fröhnling und Drescher ein willkomm'nes Gerichte. – // Nur die Kraft der Atlethen verdaut die gesalzene Nahrung, /Durch den Rauch des Herdes ›

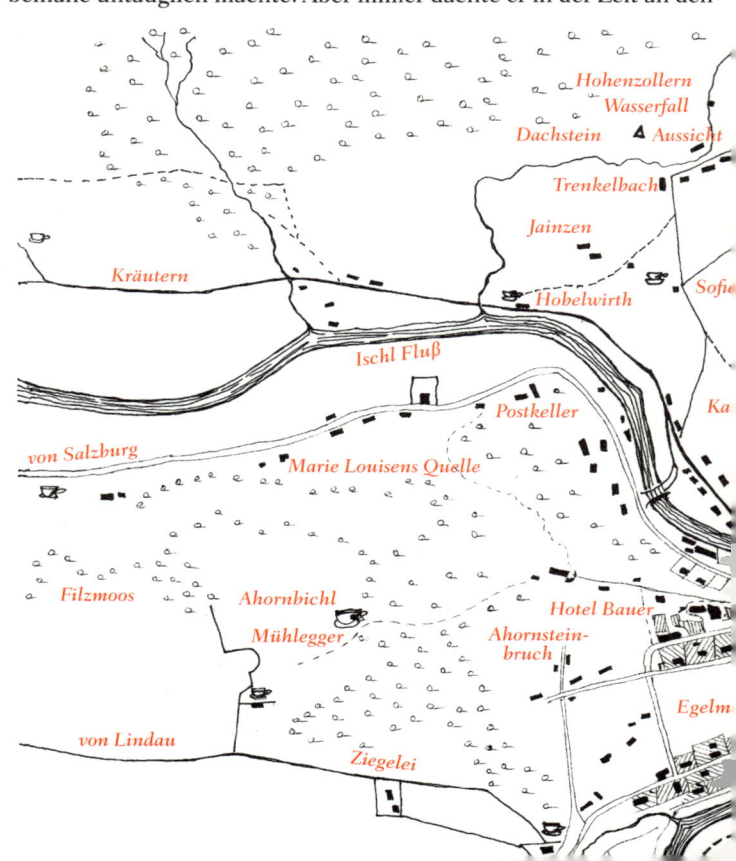

seltsamen Pfad, und war begierig zu erforschen, wie es denn gekommen sei, daß er sich verirrt habe.

Diesen Gedanken zu Folge fuhr er eines Tages, da er sich schon bedeutend erholt hatte, wieder an dieselbe Stelle, wo der feste sonnige Heideboden war, und wo die schüzenden Steinwände standen. Er stieg aus dem Wagen, und sagte zu seinen Leuten, den nehmlichen, die er damals mit hatte, sie sollten nur warten, er vergehe sich heute nicht. Er ging über den ersten Plaz, wie damals, und kam auf den zweiten, der ihm so gefallen hatte, und der ihm heute wieder gefiel. Er ging über ihn und hatte auf alle Gegenstände wohl acht, die er sah. Dann ging er sogar in den Wald hinein. So wie er aber damals die Steinwand nicht hatte finden können, so konnte er sie heute nicht verlieren. Er mochte sich wenden, wohin er wollte, so sah er sie immer wieder stehen. Als er weiter auf dem Pfade fort ging und kleine Hölzlein, die er zu sich gestekt hatte, auf ihn streute, um wieder zurük zu finden, erblikte er plözlich auch die Ursache, welche ihn damals verlokt hatte. Zu seinem Wege nehmlich, und zwar an einer Stelle, wo er über Steine ging und wenig bezeichnet war, gesellte sich sachte ein anderer, der viel deutlicher ausgetreten aus dem Walde seitwärts herauf ging. Sobald also Tiburius damals zurük gehen wollte, gerieth er allemal in diesen deutlicheren Zweig des Weges und durch ihn in den ferneren Wald, der ihn von seinem Wagen ablenkte. Es erschien

gehärtet im russigen Schornstein. /Feindlicher aber der Dauung und unheilbringender ist ihr /Keinerlei Kost, als thierisches Fett und das Oehl der Gesäme. /Sammt dem schmeidigen Mark der dunkelgrünen Olive. /Auch der Speisen Genuss, von Indiens feurigster Würze. /Duftend, verwehrt dem Sichen der Rath heilkundiger Männer. /Nie belaste den Tisch der gallischen Küche Gemengsel! /Kiese für deinen Tisch vor allen Wasser Bewohnern. /Braungesprenkelte Schmerlen, und rothgefleckte Forellen. /Auch den Salm und den Hecht und den silberschuppigen Bärsch noch; /Fürchte den Brauch, das Mahl zu beschliessen mit künstlichem Naschwerk. /Das den befriedigten Gaumen anreitzt zu lüsternem Hunger. – //Traun! ein Feind Hygiäen's erfand den heillosen Misch einst, /Allzugeschickt durch Aussengestalt den Näscher zu locken, /Dass er begierig ihn zu seinem Verderben geniesset. –
Dr. Jos. Brenner, Ritter von Felsach: Kurze Anleitung …, Salzburg 1842

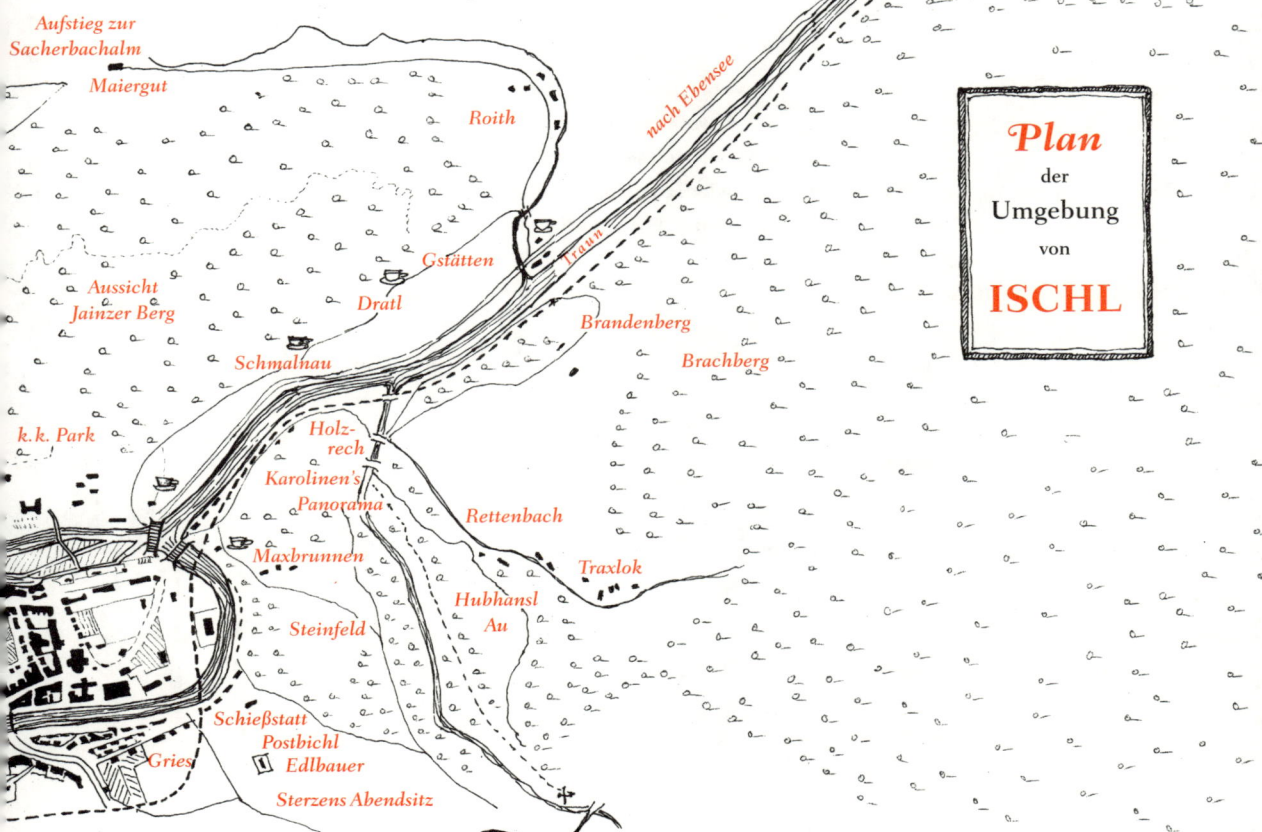

Unvollkommenes Gedicht
              über die Ewigkeit

Ihr Wälder! wo kein Licht durch finstre Tannen strahlt
Und sich in jedem Busch die Nacht des Grabes malt;
Ihr hohlen Felsen dort! wo im Gesträuch verirrt
Ein trauriges Geschwärm einsamer Vögel schwirret;
Ihr Bäche! die ihr matt in dürren Angern fließt
Und den verlornen Strom in öde Sümpfe gießt;
Erstorbenes Gefild und grausenvolle Gründe,
O daß ich doch bei euch des Todes Farben fünde!
O nährt mit kaltem Schaur und schwarzem Gram
                              mein Leid!
Seid mir ein Bild der Ewigkeit!
Mein Freund ist hin!
Sein Schatten schwebt mir noch vor dem
                            verwirrten Sinn,
Mich dünkt, ich seh sein Bild und höre seine Worte;
Ihn aber hält am ernsten Orte,
Der nichts zu uns zurücke läßt,
Die Ewigkeit mit starken Armen fest.

        •

Vollkommenheit der Größe!
Was ist der Mensch, der gegen dich sich hält!
Er ist ein Wurm, ein Sandkorn in der Welt;
Die Welt ist selbst ein Punkt, wann ich an dir
                            sie messe.
Nur halb gereiftes Nichts, seit gestern bin ich kaum,
Und morgen wird ins Nichts mein halbes
                            Wesen kehren;
Mein Lebenslauf ist wie ein Mittags-Traum,
Wie hofft er dann, den deinen auszuwähren?

        •

Ich ward, nicht aus mir selbst, nicht, weil ich
                            werden wollte;
Ein Etwas, das mir fremd, das nicht ich selber war,
Ward auf dein Wort mein Ich. Zuerst war ich
                            ein Kraut,
Mir unbewußt, noch unreif zur Begier;
Und lange war ich noch ein Tier,
Da ich ein Mensch schon heißen sollte.
Die schöne Welt war nicht für mich gebaut,
Mein Ohr verschloß ein Fell, mein Aug ein Star,
Mein Denken stieg nur noch bis zum Empfinden,

ihm unglaublich thöricht, wie er das nicht auf der Stelle erkennen und sehen hatte können. Heute war alles gar so klar. Er wußte nicht, daß es allen, die Wälder besuchen, so gehe. Jedes folgende Mal sind sie klarer und verständlicher, bis sie dem Besucher endlich zu einer Schönheit und Freude werden. Auch das sah er heute, daß er, als er sich einmal entschlossen hatte, immer ohne Umkehr fort zu gehen, er gerade jene Richtung des Pfades eingeschlagen hatte, welche von seinem Wagen weg führte, und daß er also zu dem Bade zurük einen großen Bogen durch das Gebirge gemacht habe. Er ging eine Streke auf dem Waldwege hinein, und erinnerte sich jezt deutlich der Dinge, die er damals schon überall liegen und stehen gesehen hatte. Auf dem Rükwege waren sie noch freundlicher und bekannter als früher. Da er zu der Gabel des Weges gekommen war, ging er über die Steine, gelangte zu der Wand, die er jezt zur Rechten hatte, und von derselben zu dem Wagen. Er stieg ein und fuhr nach Hause.

    Was Herr Tiburius dieses eine Mal gethan hatte, das versuchte er nun öfter. Ein ganz besonders schöner Herbst begünstigte ihn ausnehmend; schier immer stand die Sonne wolkenlos an einem milden freundlichen Himmel. Tiburius ging stets weiter auf seinem Steige fort, er spürte keine Nachtheile von diesen größeren Spaziergängen, ja es war sogar, als nüzten sie ihm: denn er war, wenn er weit gegangen war, wenn er an der warmen Steinwand gesessen war, wenn er die Dinge um sich herum und an der Fläche des Himmels betrachtet hatte, viel heiterer als sonst, er fühlte sich wohl, hatte Hunger und aß. Endlich brachte er es so weit, daß er, wenn er nicht ganz spät am Vormittage hinaus fuhr, bis auf die Glokenwiese, wo er den Berg mit den Schneefeldern und das heraus brodelnde Wasser sah, und von da wieder zurük zu dem Wagen gehen konnte. Er hatte dies dreimal in einer Woche gethan.

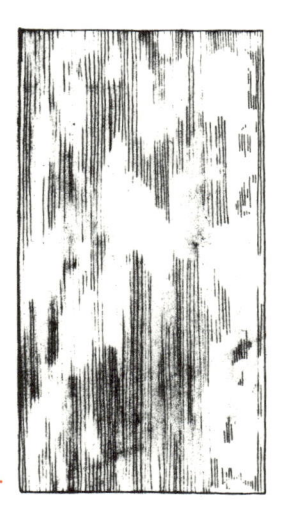

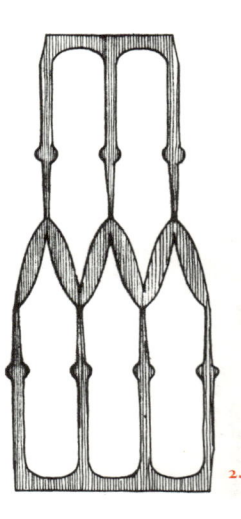

Als Herr Tiburius die Geschichtsmalerei in Oehl aufgegeben hatte, war er auf etwas Kleineres verfallen, nehmlich auf das Zeichnen, um sich mit demselben manche angenehme Stunde zu machen, er hatte sich nach seiner Art gleich mehrere sehr vorzügliche Zeichenbücher angeschafft; aber er hatte während seiner Arzneistudien und da er so krank war, keinen Strich in diese Bücher gezeichnet. In das Bad hatte er auch die Geräthschaften des Zeichnens mit gebracht, war aber ebenfalls bis jezt nicht dazu gekommen, auf das weiße Papier den geringsten Gegenstand zu entwerfen. Als er nun so oft seinen Waldsteig, auf dem er so viel gelitten hatte, aufsuchte, kamen ihm die Zeichenbücher und der Gedanke in den Sinn, daß er sie hieher mit nehmen und verschiedene Gegenstände nach der Wirklichkeit versuchen und endlich gar Theile des Steiges selber aufzeichnen könnte. Weil er mit gar niemanden im Bade zusammen kam, so konnte er seinen Gedanken um so leichter ausführen, da er durch keine Gesellschaften und Verbindungen gehindert war. Er fuhr also mit einem Buche hinaus, und saß an der sonnigen Wand und zeichnete. Dies that er öfter, die Gegenstände, die er nachbildete, gefielen ihm, und endlich fuhr er unaufhörlich hinaus. Er ging nach und nach von den Steinen und Stämmen, die er anfänglich machte, auf ganze Abtheilungen über, rükte endlich weiter in den Wald hinein und versuchte die Helldunkel. Besonders gefiel es ihm, wenn die Sonne feurig auf den schwarzen Pfad schien und ihn durch ihr Licht in ein Fahlgrau verwandelte, auf dem die Streifschatten der Bäume wie scharfe schwarze Bänder lagen. So bekam er schier alle Theile des dunkeln Pfades in sein Zeichenbuch. Aber er zeichnete nicht blos immer, sondern ging auch herum, und einmal machte er den ganzen Weg wieder durch, den er zum ersten Male bei seiner Verirrung gemacht hatte.

Mein ganzes Kenntnis war Schmerz, Hunger
                              und die Binden.
Zu diesem Wurme kam noch mehr von Erdenschollen
Und von des Mehles weißem Saft;
Ein innrer Trieb fing an, die schlaffen Sehnen
Zu meinen Diensten auszudehnen,
Die Füße lernten gehn durch fallen,
Die Zunge beugte sich zum Lallen,
Und mit dem Leibe wuchs der Geist.
Er prüfte nun die ungeübte Kraft,
Wie Mücken tun, die, von der Wärme dreist,
Halb Würmer sind und fliegen wollen.
Ich starrte jedes Ding als fremde Wunder an;
Ward reicher jeden Tag, sah vor und hinter heute,
Maß, rechnete, verglich, erwählte, liebte, scheute,
Ich irrte, fehlte, schlief und ward ein Mann!
Itzt fühlet schon mein Leib die Näherung des Nichts!
Des Lebens lange Last erdrückt die müden Glieder;
Die Freude flieht von mir mit flatterndem Gefieder
Der sorgenfreien Jugend zu.
Mein Ekel, der sich mehrt, verstellt den Reiz
                              des Lichts
Und streuet auf die Welt den hoffnungslosen
                              Schatten;
Ich fühle meinen Geist in jeder Zeil ermatten
Und keinen Trieb, als nach der Ruh!

Albrecht von Haller

Federherstellung. 1. Nachwalzen des Stahlstreifens 2. Stanzrest 3. Ausstanzen 4. Ausstechen (1. Stufe) 5. Ausstechen (2. Stufe) 6. Ausglühen 7. Stempeln 8. Stampfen 9. Härten 10. Blankscheuern 11. Schleifen 12. Spalten 13. Färben zu einer tadellos ausgesuchten fertigen Feder

Das Almweib. Da braucht es rüßtige Personen. Solche trifft man auch in den *Almhütten*; doch hat der *Alpenbauer* seine guten Gründe, keiner allzu jungen Dirne diesen Dienst anzuvertrauen, für welche die Einsamkeit des Hochgebirges, in der hier und da nur ein Holzknecht, ein Jäger, ein Wilderer auftaucht, gefährlich werden könnte. Man findet daher dort oben meist wetterharte und wetterbraune Weibspersonen, die den Frühling des Lebens schon verträumt haben und schon stark im Hochsommer desselben stehen, »die sich auskennen«.¶ Aber singen können diese Leute, daß es eine Lust ist! Hat jemand durch richtiges Begegnen die anfängliche Scheu und Zurückhaltung dieser Naturseelen überwunden, so machen sie ihm sicherlich die Freude ihrer *Almgesänge*.
Die österreichisch-ungarische Monarchie in Wort und Bild, Wien 1889

Als Herr Tiburius schon lange kein Narr mehr war, wenigstens kein so großer als früher, glaubten doch noch alle Leute, daß er einer sei, indem nehmlich einmal durch seinen Arzt sein Zeichenbuch zur Ansicht kam, und man darin die Seltsamkeit entdekte, daß er ganz und gar lauter Helldunkel zeichne. Freilich muß ich hier auch bekennen, daß es im gelindesten Falle doch immer sonderbar war, daß er durchaus nirgends anders hin, als zu seinem Waldsteige hinaus fuhr.

Bis hieher hatte Tiburius nie ein menschliches Wesen auf seinem Wege gesehen, aber endlich sah er auch ein solches und dasselbe ward entscheidend für sein ganzes Leben.

Es lag ein schöner langer Stein an dem Pfade, er lag schier auf der Hälfte des Weges zwischen der Wand und der Glokenwiese. Auf diesem Steine war Tiburius oft gesessen, weil er an einem sehr schönen trokenen Plaze lag, und weil man von ihm recht viele schlanke Stämme, herein blikende Lichter und abwechselnde Folgen von sanftem Dunkel sah. Als er eines Nachmittags gegen den Stein ging, um sich darauf zu sezen und zu zeichnen – saß schon jemand darauf. Tiburius hielt es von ferne für ein altes Weib, wie sie immer auf Zeichnungsvorlagen in Wäldern herum sizen, namentlich, weil er etwas weißes auf dem Pfade liegen sah, das er für einen Bündel ansah. Er ging gemach zu dem Dinge hinzu. Als er schon beinahe dicht davor stand, erkannte er seinen Irrthum. Es war kein altes Weib, sondern ein junges Mädchen, ihrer Kleidung nach zu urtheilen, ein Bauermädchen der Gegend. Das grüne Dach des Waldes, getragen von den unendlich vielen Säulen der Stämme, wölbte sich über sie und goß seine Dämmerung und seine kleinen Streiflichter auf ihre Gestalt herab. Sie hatte ein weißes Tuch um ihr Haupt, ein leichtes Dächelchen über der Stirne bildend, fast wie bei einer Italienerin. Sie hatte

1.   2.

ein hochrothes Halstuch um, auf dem Lichterchen, wie Flämmchen, waren. Das Mieder war schwarz, und den Schoß umschloß ein kurzes faltenreiches blauwollenes Rökchen, daraus die weißen Strümpfe und die groben mit Nägeln beschlagenen Bundschuhe hervor sahen. Was Tiburius für einen Bündel angesehen hatte, war ebenfalls ein weißes Tuch, das um ein flaches Körbchen geschlungen war, um es damit tragen zu können. Aber das Tuch konnte das Körbchen nicht überall verdeken, sondern dasselbe sah an manchen Stellen sammt seinem Inhalte heraus. Dieser Inhalt bestand in Erdbeeren. Es war jene Gattung kleiner würziger Walderdbeeren, die in dem Gebirge den ganzen Sommer hindurch zu haben sind, wenn man sie nur an gehörigen Stellen zu suchen versteht.

Als Herr Tiburius die Erdbeeren gesehen hatte, erwachte in ihm ein Verlangen, einige davon zu haben, wozu ihn namentlich der Hunger, den er sich immer auf seinen Waldspaziergängen zuzog, antreiben mochte. Er erkannte aus der Ausrüstung, daß das Mädchen eine Erdbeerverkäuferin sei, wie sie gerne in das Bad kamen, und theils an den Eken und Thüren der Häuser theils in den Wohnungen selber ihre Waare zum Verkaufe ausbiethen. Im Angesichte hatte er das Mädchen gar nicht angeschaut. Er stand eine Weile in seinem grauen Roke vor ihr, dann sagte er endlich: »Wenn du diese Erdbeeren ohnehin zu Markte bringst, so thätest du mir einen Gefallen, wenn du mir auch gleich hier einen ganz kleinen Theil derselben verkauftest, ich werde sie dir gut zahlen, das heißt, wenn du auf den Verkauf hinauf noch einen kleinen Weg mit mir zur Straße hinaus gehst, weil ich hier kein Geld habe.«

Das Mädchen schlug bei dieser Anrede die Augen gegen ihn auf, und sah ihn klar und unerschroken an.

~ **Die Gebirgs-Erdbeere.** Der reichliche Genuss unserer so aromatischen G.-E., des frischen *Quellwassers,* vorzüglich der Wiresquelle, der süssen und sauren *Milch* kann als grosses *Beihilfsmittel* bey unserer Kur betrachtet werden. Nirgends sind diese Dinge besser, und der Gesundheit zuträglicher zu haben, als gerade hier.¶ Die herrliche Gegend, der Wechsel der Gebirgsthäler, von welchem Eines schöner als das Andere ist, die Mannigfaltigkeit der Gebirgsgruppen, die Nähe der Seen, die üppige Vegetation, laden die Kurgäste von selbst ein, die ganze Zeit ihres hiesigen Aufenthaltes in freyer Luft, die hier so milde und stärkend ist, zu zubringen.¶ Unser Hartmann hat Recht, wenn er in seiner *Glückseligkeitslehre* sagt: der Mensch soll nur bei schlechtem Wetter im Zimmer seyn. Dieser Ausspruch findet aber ganz hier während des Sommers seine Anwendung. Hier soll sich der den ganzen Herbst, Winter und Frühling an das Zimmer gebannte, der, wenn er ausgeht nur unreine Luft einathmende Städter erholen; von hier soll er sich gleichsam einen Vorrath von reiner Alpenluft mitnehmen.
Beihilfsmittel bey der Ischler Kur, 1846

Wie das Kopftuch in der Ischler Gegend gebunden wird. *1. Das Kopftuch wird im Dreieck zusammen gelegt. 2. Sodann legt es die Bäuerin in der Art auf den Kopf, daß ein Zipf länger als der andere ist, da dies zum Binden unbedingt erforderlich ist. Mit kleinen schwarzköpfigen Stecknadeln macht sie das Tuch in den Haaren am Kopf fest. 3. Damit aber das Kopftuch beim Binden nicht verzogen wird, hält es die Bäuerin mit dem Kopf fest am Kasten oder irgendeinem Einrichtungsstück und zieht die beiden Zipfel voreinander und schlingt einen Knoten. 4. Nun wird das Kopftuch gerichtet. Die Zipfe werden auseinander gezogen. Ein Zipf erscheint breiter, der kleinere wird hinein gesteckt und lugt unten hervor und der Bund und das Mittlere kommen in richtiger Lage zum Vorschein.*

»Ich kann euch keine Erdbeeren verkaufen,« sagte sie, »aber wenn ihr nur einen ganz kleinen Theil derselben wollt, wie ihr sprecht, so kann ich euch denselben schenken.«

»Zu schenken darf ich sie nicht annehmen,« antwortete Tiburius.

»Sagt einmal, hättet ihr sie recht gerne?« fragte das Mädchen.

»Ja, ich hätte sie recht gerne,« erwiederte Tiburius.

»Nun so wartet nur ein wenig,« sagte das Mädchen.

Nach diesen Worten nestelte sie, vorwärts gebükt, den großen Knoten des Tuches über dem Körbchen auf, hüllte die Zipfel zurük, und zeigte auf dem flachen Geflechte ein Fülle gelesener Erdbeeren, die mit größter Sorgfalt und Umsicht gesucht worden sein mußten; denn sie waren alle sehr roth, sehr reif, und schier alle gleich groß. Dann stand sie auf, nahm einen flachen Stein, den sie suchte, gebrauchte ihn als Schüsselchen, legte mehrere große grüne Blätter, die sie pflükte, darauf, und füllte auf dieselben ein Häufchen Erdbeeren, so groß, als es darauf gehen mochte.

»Da!«

»Ich kann sie aber nicht nehmen, wenn du sie blos schenkst,« sagte Tiburius.

»Da ihr gesagt habt, daß ihr sie recht gerne hättet, so müsset ihr sie ja nehmen,« antwortete sie, »ich gebe sie euch auch mit sehr gutem Willen.«

»Wenn du sie mit sehr gutem Willen gibst, dann nehme ich sie wohl an,« sagte Tiburius, indem er den flachen Stein mit Vorsicht aus ihrer Hand in die seinige nahm. Er aß aber in dem ersten Augenblike nicht davon.

Sie beugte sich wieder nieder und richtete das Körbchen mit dem weißen Tuche in den vorigen Stand. Als sie sich empor gerichtet hat-

Scharlacherdbeer von Bath.

te, sagte sie: »So sezt euch auf diesen Stein nieder, und eßt eure Erdbeeren.«

»Der Stein ist ja dein Siz, da du ihn zuerst eingenommen hast,« antwortete Tiburius.

»Nein, ihr müßt euch darauf sezen, weil ihr esset, ich werde vor euch stehen bleiben,« sagte das Mädchen.

Tiburius sezte sich also, um ihren Willen zu thun, nieder und hielt das Steinschüsselchen mit den Erdbeeren vor sich. Er nahm mit seinen Fingern zuerst eine und aß sie, dann die zweite, dann die dritte, und so weiter. Das Mädchen stand vor ihm und sah ihm lächelnd zu. Als er nur mehr wenige hatte, sagte sie: »Nun, sind sie nicht gut?«

»Ja, sie sind vortrefflich,« antwortete er, »du hast die besten und gleichbedeutendsten zusammen gesucht. Aber sage mir, warum verkaufst du denn keine Erdbeeren?«

»Weil ich durchaus keine verkaufe,« erwiederte sie, »ich suche sehr schöne und gute, und der Vater und ich essen sie dann. Das ist so: der Vater ist alt und wurde im vorigen Frühlinge krank. Der Badedoctor schaute ihn an, und gab ihm dann einige Dinge. Er muß ein närrischer Mann sein, denn nach einer Zeit sagte er, der Vater solle nur viele Erdbeeren essen, er werde schon gesund werden. Was sollen denn Erdbeeren helfen, dachte ich, sie sind ja nur ein Nahrungsmittel, keine Arznei. Weil man es aber doch nicht wissen konnte, ging ich in den Wald und suchte Erdbeeren. Der Vater aß sie gerne und ich nahm immer einen Theil mehr aus dem Walde mit, daß auch einige für mich blieben; denn ich liebe sie auch. Der Vater ist schon lange gesund, ich weiß nicht, haben es die Erdbeeren gethan, oder wäre er es auch ohne ihnen geworden. Weil sie aber so gut sind, so gehe ich noch immer, und suche uns einige.«

Monatherdbeere

Tarif. über die Preise der Mineral-Wasser.

Mineral-Wasser.		fl.	kr.
Ischler Maria Louisen-Quelle . . . á Flasche		–	10
Schwefelquelle	"	–	20
Adelheids-Quelle	"	–	50
Biliner Sauerbrunn	"	–	40
Carlsbader Mühlbrunn	"	–	45
Schlossbrunn	"	–	45
Emser Kränchenbrunn . . . á Krug		–	45
Friedrichshaller Bitterwasser . . .	"	–	45
Gieshübler Sauerbrunn . . . á Flasche		–	45
Haller Jodwasser	"	–	40
Selterwasser . . . . á Krug		–	40
Sodawasser in Syphon . . .	"	–	20
Vichy grande grille . . .	"	1	–
Ulriker Jänich Süssquell . . .	"	1	20

Fremdenführer in Ischl und Umgebung von Leopold Mayr, 1857

~ **Beeren- und Obstkuren.** Daß Beeren, Obst, insbesondere auch *Trauben* unsere besten Heilmittel bilden, lehrt die Beobachtung in der Natur. Die Beeren- und Obstfrüchte reifen in den verschiedenen Jahreszeiten gerade dann heran, wenn sie nach den Lehren der Biologie (Leben) passend angebracht sind.¶ Die *Erdbeere* bildet nach dem langen Winter, der so viele blasse Gestalten gezeigtigt, sie ist die erste Gabe des Frühlings, ein vortreffliches *Blutreinigungs-, erneuerungs-* und *blutbildendes* Mittel, insbesondere die aromatische *Walderdbeere*. Die *Erdbeere* mit ihrer geringen Säure erscheint frühzeitig, in dem die schärferen Säuren noch nicht so notwendig zu Durstlöschen und Kühlen sind.¶ Die *Erdbeerkur* bildet eine *Bluterneuerungskur* sowie eine wichtige Grundlage zur Verhütung und Heilung der *Gicht*. Eine geeignete Diät und Heilung in Form angemessener Körperbewegung, Gymnastik, Massage, Wasser- und Luftkuren sichern den Erfolg. Milch wird beim Genuß von Beeren nicht ausgeschlossen, man genießt zum Beispiel Erdbeeren zum Vorteil mit Milch.¶ Drei wichtige Aufgaben der Krankenbehandlung werden durch **B.- und O.kuren** erfüllt: 1. Die Reinigung des Körpers von Krankheitsstoffen. 2. Die Zufuhr von Stoffen, welche eine Regeneration (Erneuerung) des Organismus bewirken. 3. Die Anregung der daniederliegenden Organfunktionen.

Die Ärztin im Hause, Wien ca.1895

~ **Theodor.** ([griech.] *Gott + Geschenk*).
Theodor von Canterbury. *602 Tarsos, †690 Canterbury – studierte in Athen, wurde in Rom Mönch. Der Papst sandte ihn 668 als Erzbischof nach Canterbury. Hier organisierte er die angelsächsische Kirche nach römischem Vorbild und diente so weiterhin der Romverbundenheit dieser Landeskirche. **Theodor Studites.** *um 759 Konstantinopel, †11. 11. 826 auf den Prinzeninseln – 780 Mönch in Sakkudion, 787 Priester, 794 Abt, 795 vom Kaiser verbannt, 798 Abt in Konstantinopel. Er wurde bedeutend für die Klosterreform, mußte aber wegen des Bilderstreites aufs neue ins Exil. **Theodor von Martigny.** 4. Jh. – Bischof von Octodurum (Martigny). Als dieser Bischofssitz später nach Sitten verlegt wurde, überführte man die Reliquien hierhin, wo eine Wallfahrt entstand. **Theodore II.** *um 810 Elissa, †11. 2. 867 – seit 830 mit Kaiser Theophilus verheiratet. Übernahm nach dessen Tod 842 die Regentschaft für ihren Sohn Michael II. Nach ihrer Abdankung lebte sie in klösterlicher Zurückgezogenheit. **Theodora von Thessalonich.** *812 Ägina, †29. 8. 892 Thessaloniki – floh 824 wegen des Arabersturmes nach Thessaloniki, wo sie 837 als Witwe in das Stephanskloster eintrat und noch 55 Jahre als Nonne lebte. **Theodosia.** *290 Tyrus, †308 Cäsarea/Palästina – Jungfrau, Märtyrin der großen Christenverfolgung in Cäsarea/Palästina. **Theodosius.** *um 424 Marissus/Kappadozien, †11. 1. 529 Dêr-Dôsi – kam 450 nach Jerusalem, lebte hier als Mönch und gründete um 460 im Gebirge Juda das noch heute seinen Namen tragende Kloster, 493 wurde er Generalarchimandrit (Generalabt) der palästinensischen Klöster. **Theodulf von Trier.** 7. Jh. – Einsiedler in Trier. – Sein Grab wurde 1250 in der Kapelle der Kaiserthermen gefunden. **Theoger.** ([griech./ahd.] *Gott + Speer*) †29. 4. 1120 Cluny – aus der Metzer Grafenfamilie, Stiftsherr in Worms, dann Benediktiner in Hirsau, Prior in Reichenbach im Murgtal, seit 1088 Abt des neugegründeten St. Georgen im Schwarzwald. 1118 wurde er in Corvey zum Bischof für Metz gewählt, ohne den Sitz erreichen zu können. Er lebte zuletzt als Mönch in Cluny.

»In dem Bade sind schon lange keine mehr zu haben, weil bereits Herbst ist,« sagte Tiburius.

»Wenn ihr viele Erdbeeren wollt,« erwiederte das Mädchen – – »wie heißt ihr denn, Herr?«

»Theodor~ heiße ich«, antwortete Tiburius.

»Wenn ihr in dieser Jahrszeit viele Erdbeeren wollt, Herr Theodor,« fuhr das Mädchen fort, »so müßt ihr in die Urselschläge hinüber gehen; denn da werden sie erst im Spätsommer reif. Jezt sind sie noch schön genug. Geht einmal hin und pflükt euch einige. In andern Zeiten sind sie wieder an andern Pläzen gut.«

Tiburius war unterdessen mit allen seinen Erdbeeren fertig geworden, und er legte das Schüsselchen mit den grünen Blättern neben sich auf den Stein.

»Ich habe an diesem Plaze nur ein wenig gerastet, und gehe jezt fort,« sagte das Mädchen.

»Ich gehe mit,« sagte Tiburius.

»Wenn ihr wollt, so geht,« antwortete das Mädchen.

Sie beugte sich auf das weiße Linnen, das das Körbchen umhüllte und zu ihren Füssen auf dem Wege stand, nieder, faßte die vier Zipfel geschikt in ihre Hand, hob sie auf, und ging, das Körbchen an ihrer Seite tragend, fort. Tiburius hob sich von seinem Size, streifte die auf den Stein gefallenen Waldnadeln von seinem grauen Roke, und ging mit.

Sie führte ihn auf dem Wege, der zu der Steinwand und zu seinem Wagen ging, hinaus. Als sie aber zu der Gabel kamen, die Herrn Tiburius zum ersten Male verführt hatte, bog sie in den wohlbetretenen Pfad ein, und ließ den zu ihrer Rechten liegen, der zu der Wand

Tarif. über die Preise der Bäder, Inhalationen Schwimm- und Turn-Anstalt.

Bäder.	fl.	kr.
Ein Vollbad	–	55
Ein Wannenbad	–	35
zu Hause, im Curorte . .	2	40
ausser dem Curorte .	3	40
Für die Anwendung des Wellenschlages . .	–	30
Ein Fussbad mit Soole	–	25
Ein Sitzbad mit Soole	–	25
Ein Soolen-Dampfbad	–	90
Bade-Zusätze.		
Soole – inclusive 10 Liter	–	10
– 20 Liter	–	20
Fichtennadel-, Nuss,- und Eschenblätter-Absud		
– inclusive 10 Liter	–	15
– 20 Liter	–	30
½ Hekto-Liter Schwefelquelle	–	50
Moor oder eisenhaltiges Wasser .	–	25
Bade-Molke	3	50
Inhalationen.		
Inhalation von Soolen-Dämpfen	–	25
Fichtennadel-Dämpfen . . .	–	35
zerstäubter Soole	–	45

und zu Tiburius Pferden hinaus führte. Er ging neben ihr her, der Pfad lenkte in schönen dicht bestandenen Wald ein und ging in ihm fort. Das Mädchen schritt, von den tanzenden Lichtern des Waldes bald besprengt bald gemieden, in einem mäßigen Tritte fort, daß Tiburius ohne Beschwerde neben ihr gehen konnte. Als sie eine Streke zurük gelegt hatten, glaubte Tiburius den großen Stein zu erkennen, zu dem er damals gerannt war, und auf dem er stand, da er nach seinem Wagen und nach seinen Leuten gerufen hatte.

»Ich muß euch doch um etwas fragen, das ich nicht verstehe,« sagte das Mädchen, da sie so mit einander gingen.

»So frage,« antwortete Tiburius.

»Ihr habt gesagt, da ihr mir die Erdbeeren abkaufen wolltet, daß ihr kein Geld an jener Stelle hättet, wenn ich aber bis auf die Straße hinausginge, wolltet ihr mir sie dort gut bezahlen. Wie ist nun das zu verstehen? Liegt euer Geld auf der Straße?«

»Nein, das ist nur so,« antwortete Tiburius, — »aber sage mir auch, wie heißest denn du?«

»Maria~ heiße ich,« erwiederte das Mädchen.

»Also siehst du, Maria, das ist so: ich gehe nur öfter ganz allein in den Wald herein, um da spazieren zu gehen, mein Diener wartet auf der Straße. Da nun er alles einkauft, was wir bedürfen, und da er auch das bezahlt, was ich kaufe, so trage ich nie ein Geld mit mir, sondern er hat mein Geld und verrechnet es mir zu gesezten Zeiten.«

»Das ist ja sehr unangenehm und ein großer Umweg,« versezte das Mädchen, »sein Geld muß man ja selbst bei sich haben, und selbst kaufen und zahlen; dann braucht man keinen Andern und keine Rechnung.«

~ **Maria.** Weiblicher Vorname; biblisch, von Mirjam abgeleitet; Bedeutung: je nach Auslegung *Gottesgeschenk* oder »fruchtbar sein«.¶ Im Gegensatz zu Marie ist die Beliebtheit des Vornamens M. regional sehr unterschiedlich geprägt. Während dieser Name im Norden nur selten als Hauptname vergeben wird, gehört er im Süden schon seit langer Zeit zu den beliebtesten Vornamen.¶ Varianten: (franz.) Marie, (russ.) Marija, (fin.) Mirja.

	fl.	kr
Schwimm-Anstalt.		
Für Freischwimmer	—	20
Abonnement per Monat für Freischwimmer .	3	—
Eine Lection im Schwimm-Unterricht . .	—	50
Ein Flussbad im Kabinet	—	20
Turn-Anstalt.		
Eine Lection	—	35
Abonnement per Monat	5	—
Bade-Wäsche.		
Ein Leintuch	—	5
Ein Bademantel	—	5
Ein Handtuch	—	3
Eine Schwimmhose	—	5
Ein Schwimmkleid	—	10
Taxirtes Trinkgeld.		
Für ein Vollbad oder Dampfbad . . .	—	10
Für ein Wannenbad	—	5
Für den vollständigen Schwimm-Unterricht	2	—
Molke und Kräutersaft.		
Kuh-Molke á Becher	—	8
Schaf- und Ziegen-Molke, á Becher . .	—	12
Kräutersaft, die Unze	—	10

Fremdenführer in Ischl und Umgebung von Leopold Mayr, 1857

~ **Das Bauernhaus im Salzkammergut.** Die Herkunft des Namens **Sk.**: Die Region war wegen ihrer Bedeutung als Salzlager- und Produktionsstätte dem Österreichischen Herrscherhaus direkt als Kammergut unterstellt.¶ Das **Sk.** bildet keine in sich geschlossene *Bauernhauslandschaft*. Es dominieren neben einigen Übergangsformen zwei Arten von Hofanlagen: Im Oberösterreichischen **Sk.** ein *Paarhoftyp*, bestehend aus einer *Stallscheune* und einem frei stehenden *Wohnhaus*. Im Bereich *Mondsee, Attersee, Wolfgangsee* ein so genanntes *Einhaus*. Das heißt Wohnhaus und Wirtschaftsteil sind unter einem Dach vereint. Die eigentliche *Stallscheune* wird dabei durch die so genannte *Mitterenne* (eine ebenerdige Durchfahrt, in der Getreide u. a. gedroschen wurde) vom Wohnhaus getrennt. Während die *Paarhöfe* durchweg steile Dächer, oft zur Gänze abgewalmt oder mit einem Schopfwalm versehen, zeigen, besitzt das Einhaus ursprünglich ein flach geneigtes Dach. Erst im 18. Jh, vor allem aber im 19. Jh. setzt sich auch hier das steile *Schopfwalmdach* durch.¶ Ursprünglich waren die Höfe beinahe ausschließlich aus Holz gebaut. (Blockbau, am Wirtschaftsteil z. T. auch verbretterter oder verschindelter Ständerbau). Später versuchte die Obrigkeit, um Holz für Bergbau und Salzgewinnung zu sparen, den Steinbau durchzusetzen. Viele Häuser besitzen aber bis heute zumindest im Obergeschoß oder am Giebeldreieck hölzerne Wandkonstruktionen. Bis Anfang des 20. Jh. wurden die teilweise riesigen Dachflächen meist gänzlich mit Holzschindeln gedeckt. Zudem war häufig auch die Wetterseite mit einem »Schindelmantel« verschlagen. Bei den steilen Dächern waren die Schindeln kürzer und mit Nägeln befestigt, die flacheren Dächer besaßen so genannte Legdächer (relativ lange Schindeln werden nur durch steinbeschwerte Stangen fixiert). Die Dächer besaßen meist einen großen Dachüberstand, der häufig einen Balkon (Gang oder auch Laube genannt) vor der Witterung schützte.¶ Im Bereich der *Einhäuser* hat sich bis ins 20. Jahrhundert die Bauform der so genannten *Rauchhäuser* erhalten. Diese Bauten besaßen keinen Kamin, so daß der langsam erkaltende Rauch des Herdfeuers frei durchs Haus bis in den Dachraum zog. Dort war das Getreide zum Räuchern aufgeschichtet, was dessen Haltbarkeit steigerte.
Christoph Scholter, 2004

»Das ist wohl wahr,« sagte Tiburius, »und du hast Recht, aber es ist auch schon so Sitte geworden.«

»Eine Sitte, die närrisch ist,« antwortete das Mädchen, »würde ich gar nicht mehr befolgen.«

So gingen sie unter verschiedenen Fragen und Antworten fort. Sie gingen eine geraume Weile in dem Walde. Endlich lichtete er sich, die Bäume standen dünner, Wiesen zeigten sich hie und da, und der Pfad lief durch dieselben hin, dem tiefern Gebirge zu. An einer schönen Stelle, wo Laubbäume standen, und mehrere sonnenbeglänzte Steine lagen, bog Maria von dem Pfade ab, und auf ein dünnes feines Weglein, das über eine Matte hinauf ging, zeigend, sagte sie: »Hier geht man zu unserem Hause hinauf, wenn ihr mit kommen wollt, seid ihr eingeladen.«

»Ich gehe schon mit,« antwortete Tiburius.

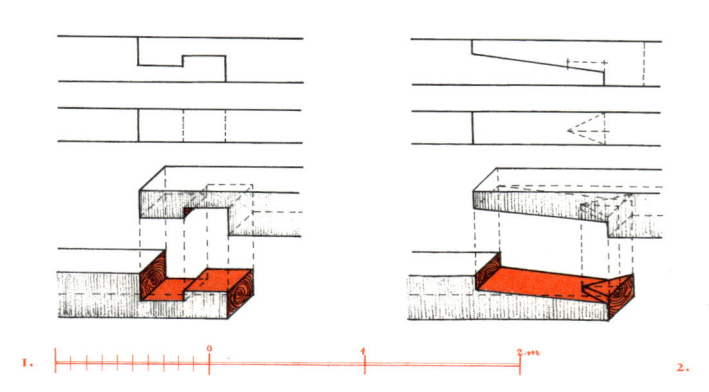

Sie schritt also voran, und er folgte. Da sie in Windungen, weil die Matte bedeutend steil war, nicht gar so weit gegangen waren, zeigte sich das Haus. Es stand in einer breiten bequemen Mulde des Abhanges, der in einem Halbkreise etwas weiter von dem Hause eine Steinwand bildete, die das Haus von allen Seiten, außer der des Mittags, wohin die Fenster gingen, schützte. Darum war es auch möglich, daß viele Obstbäume um das Haus standen und ihre Früchte zeitigen konnten, während doch in der ganzen Gegend, und insbesonders in der Höhe dieser Matte keine günstigen Bedingungen für Obst sind. Tiefer gegen die Wand hin standen auch Bienenstöcke. Der Größe nach gehörte das Haus eher zu den kleineren der Art, ~ wie sie gerne in jenem Theile der Gebirge liegen. Maria ging voran über die Schwelle der offen stehenden Hausthür, Tiburius ging hinter ihr. Sie führte ihn an der Küche, in welcher eine Magd scheuerte, vorüber in die Wohnstube, die von dem durch die Fenster herein fallenden Sonnenlichte hell erleuchtet war.~ An dem weißen buchenen Tische der Stube saß der Vater Maria's, der einzige Bewohner der Stube und des Hauses, da die Mutter des Mädchens schon lange gestorben war. Sie stellte das Erdbeerkörbchen vorerst in einen Winkel der Bank und rükte für Tiburius einen Stuhl zu dem Tische und lud ihn zum Sizen ein, indem sie dem Vater erzählte, daß sie den Herrn da im Schwarzholze gefunden habe, und daß er mit ihr herauf gegangen sei. Hierauf breitete sie ein weißes Tüchlein auf den Tisch, stellte drei Tellerchen, für den Vater, für Tiburius und sich darauf, und brachte dann die Erdbeeren, in eine bemalte hölzerne Schüssel geleert, herbei. Die Magd stellte auch Milch hin, mit welcher der Vater von den für ihn gebrachten Früchten aß. Tiburius nahm nur äußerst wenig, und Maria sagte, daß sie sich ihren Antheil für Abends aufhebe.

Nachdem Tiburius eine Weile mit dem Manne, der noch nicht gar alt war, sondern an der Schwelle des Greisenalters stand, über verschiedenes geredet hatte, erhob er sich von seinem Stuhle, um fort zu gehen. Maria sagte, sie wolle ihn bis an die Straße geleiten, auf welcher er dann nur fort zu gehen brauche, um zu seinem Diener zu gelangen.

Das Mädchen führte ihn nun auf einem andern eben so feinen Wege über die Matte hinab. Sie bogen gleich unterhalb des Hauses um die Steinwand der Mulde und gingen an deren sanfter Außenseite schräge hinab, gerade der Richtung entgegengesezt, in der sie gekommen waren. Nach einer kleinen Zeit kamen sie in die Tiefe des Thales, und in demselben eine Weile unter Gebüschen und Bäumen fortgehend, gelangten sie auf die Straße.

»Wenn ihr nun in dieser Richtung hin fort geht, sagte sie, so müßt ihr an die Stelle kommen, wo euer Diener steht, wenn ihr nehmlich

~ **Lebensart und Wohnungen der Landleute, im Salzburgerland.** Ihre Höfe und Geschen stellen ein Bild der Dürftigkeit und der Verwilderung dar. Schon das Aeußere hat etwas auffallendes. Sie sind nämlich von hohen Gerüßten umstellt, auf welchen Puff-, Pferd- und Saubohnen – die gewöhnliche, beinahe einzige Mittagskost – an der Luft und Sonne getrocknet werden. Eine Menge Gebirghäher flattern und krächzen beständig umher, und rauben, wie der Harpyien vom blinden Phineus, den armen Einwohnern noch einen Theil ihrer Nahrung. Wir betraten die Wohnzimmer, welche zugleich ihre Küchen sind; und wurden von dem Qualm und Rauch, wovon sie erfüllt sind, und von dem Geruch, welcher uns allenthalben entgegendrang, beleidigt. Wir glaubten uns in die Hütten der alten Celiberer versetzt und entfernten uns unmutig von ihnen.
Freiherr M. Vierthaler: Meine Wanderungen durch Salzburg, Berchtesgarden und Österreich, Wien 1816

Verlängerung der Hölzer durch Blattungen. *1. kurzes Hakenblatt 2. verborgenes Hakenblatt 3. schwalbenschwanzförmiges Blatt mit Brüstung 4. schräg eingeschnittenes Hakenblatt mit Keil 5. gerades Blatt mit Grat*

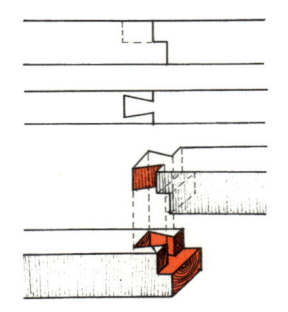

3. 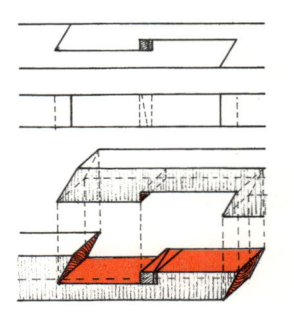 4. 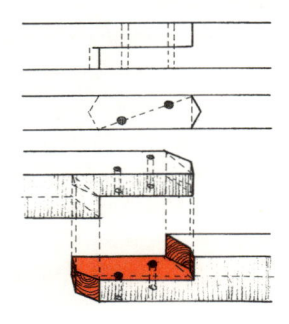 5.

auf dem kleinen Pfade an der Andreaswand in das Schwarzholz hinein gegangen seid, und ihn dort an der Straße stehen gelassen habt.«

»Ja ich bin dort hinein gegangen,« antwortete Tiburius.

»So lebt nun wohl, ich gehe nach Hause zurük. Weil ihr vielleicht gar nicht einmal in die Urselschläge hinüber finden würdet, so will ich euch dieselben zeigen, wenn ihr übermorgen um zwölf Uhr-Läuten auf dem Steine auf mich warten wollt, wo ihr mich heute angetroffen habt. Ihr könnt euch dann genug Erdbeeren pflüken; denn ich werde euch auch die Pläze zeigen, wo sie jezt gerade am meisten sind.«

»Ich danke dir recht schön, Maria,« antwortete Tiburius, »daß du mich beschenkt und nun hieher geführt hast, ich werde gewiß kommen.«

»Nun so kommt,« erwiederte das Mädchen, indem es sich umwandte, und schon unter den Gebüschen wieder davon ging.

Tiburius schritt auf der Straße in der bezeichneten Richtung fort. Er ging ziemlich lange, bis er endlich seinen Wagen und seine Leute stehen sah. Diese gaben, als er bei ihnen war, ihre Verwunderung zu erkennen, daß sie ihn heute nicht auf seinem Fußpfade, sondern auf der Straße daher kommen sahen. Er aber sagte keine Ursache, sondern saß in den Wagen, und fuhr in das Bad zurük. Auch in dem Badeorte sagte er keinem Menschen etwas von dem Begegniße und daß er in dem Gebirgshause auf der Mulde gewesen sei.

Aber am zweiten Tage darauf fuhr er schon Vormittags zu seiner gewöhnlichen Stelle hinaus. Er stieg aus, ließ den Wagen stehen, und schlug den Pfad gegen seine bekannte Steinwand ein. Er ging an ihr vorüber, er ging gegen die Buchen, schritt auf den Waldsteig, und ging auf ihm fort, bis er zu dem vertragsmäßigen Steine gelangte.

Hier herrscht kein Unterschied, den schlauer Stolz erfunden,
Der Tugend untertan und Laster edel macht;
Kein müßiger Verdruß verlängert hier die Stunden,
Die Arbeit füllt den Tag und Ruh besetzt die Nacht;
Hier läßt kein hoher Geist sich von der Ehrsucht blenden,
Des Morgens Sorge frißt des Heutes Freude nie.
Die Freiheit teilt dem Volk, aus milden Mutter-Händen,
Mit immer gleichem Maß Vergnügen, Ruh und Müh.
Kein unzufriedner Sinn zankt sich mit seinem Glücke,
Man ißt, man schläft, man liebt und danket dem Geschicke.

Albrecht von Haller, aus »Die Alpen«

Auf denselben sezte er sich nieder und blieb sizen. Man konnte wohl in diese Entfernung und Wildniß keine Mittagsgloke hören, aber die Zeit, in welcher sie alle auf den Thürmen und Thürmlein des Landes tönen müssen, kannte Tiburius sehr wohl; denn er hatte die Uhr in der Hand; – und als diese Zeit gekommen war, sah er auch schon Maria in der Waldesdämmerung genau so wie gestern gekleidet auf sich zu gehen.

»Aber wie weißt du denn, daß es jezt gerade Mittag ist, da man nicht läuten hört, und da ich keine Uhr bei dir sehe?« sagte Tiburius, als das Mädchen bei ihm angekommen war und stehen blieb.

»Habt ihr vorgestern nicht die Uhr mit den langen Schnüren in unserer Stube hängen gesehen?« antwortete sie, »diese geht sehr gut, und wenn sie auf eilf zeigt, gehen wir zum Mittagsessen, dann richte ich mich zum Erdbeersammeln zusammen, und wenn ich auf den Zeiger schaue, ehe ich fort gehe, weiß ich genau, wann ich hier eintreffen werde.«

»Heute bist du ganz zu der versprochenen Zeit gekommen,« sagte er.

»Ihr auch,« antwortete sie, »das ist gut; nun aber kommt, ich werde euch führen.«

Tiburius stand von dem Steine auf. Er hatte wieder seinen grauen Rok an, und so gingen sie, das Mädchen in der oben beschriebenen Kleidung, er in seinem grauen Roke, durch den Wald dahin. Sie hatte wieder das flache Körbchen mit dem weißen Tuche darum, aber da es leer war, hing es lose an ihrem Arme. Sie führte Herrn Tiburius eine gute Streke auf dem Waldpfade fort, den er kannte, der ihm einmal so Angst eingejagt hatte, und der jezt so schön war. Als sie in das hohe Tannicht gekommen waren, wo die Pflöke über den Weg

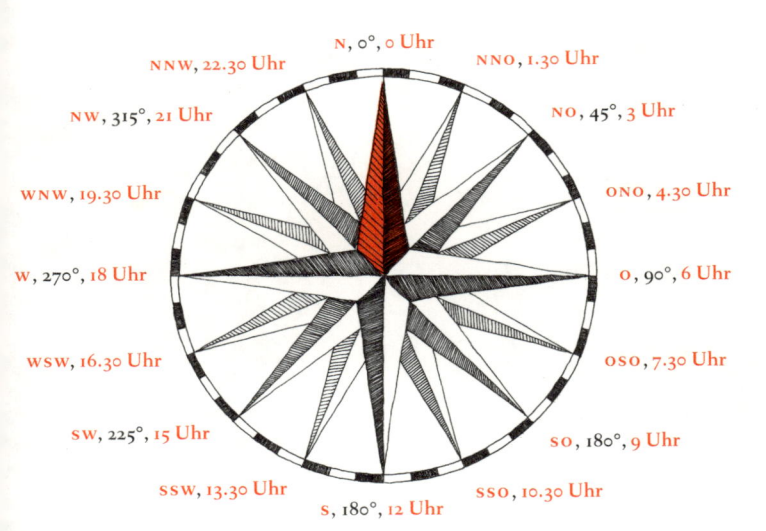

~ **Die Bestimmung der Uhrzeit mittels der Sonne und eines Kompasses.** In 24 Stunden überstreicht die *Sonne* einen vollen *Kreis,* also 360°. Im *Norden* (0°) steht sie 0 Uhr des Nachts, im *Süden* (180°) 12 Uhr am Tage. Daher ergibt sich, daß die Sonne in einer Stunde einen *Bogen* von 15° überstreicht.¶ So ist es möglich, durch einfaches Anpeilen der Sonne mit einem Kompaß, hinreichend genau die Uhrzeit zu bestimmen.

~ **Gebirgspartien um Ischl.** Der Weg dahin führt entweder vorüber dem *ärarischen Pulverhüttchen* über den *Huebkogl* oder nach *Pernegg* bis zur *Mühle,* wo sich dann gleich bei der *Brettersäge* über die *Wasserschleuse* oder bei den ersten Häusern der Weg links aufwärts schlängelt.¶ Für Fußgänger ist der rechte Weg über den *Huebkoglwald,* dann über die üppigen Wiesen mit der lieblichen Aussicht über das *Pernegghal* empfehlenswerther und etwas näher. Von *Ischl* über *Pernegg* bis zur *Hoisenradalpe* sind 1½ Stunden und von dort zum *Graf Kolowratsthurm* des eigentlichen Aussichtspunktes ½ Stunde. Sowohl Thal- als Gebirgsansicht ist wirklich großartig.¶ Die *Hoisenradalpe,* wo Erfrischungen, als: Butter, Milch, Kaffee und Honig, so wie auch gutgekochter nationaler *Alpenschmarren* zu haben sind, liegt 3244 Seehöhen, der *Kolwratsthurm* wieder um 50 Klafter höher, dieser hat 3549 Fuß Seehöhe.
Fremdenführer in Ischl und Umgebung von Leopold Mayr, 1857.

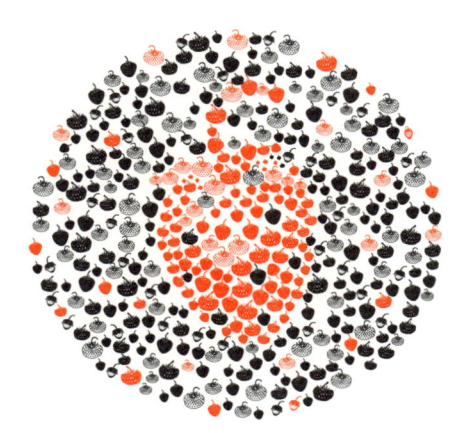

Farbsehtest

~ **Rot-Grün-Blindheit.** Die Betroffenen können hierbei die Farben *Rot* und *Grün* schlechter als Normalsichtige unterscheiden. Hervorgerufen wird diese Behinderung durch Veränderungen der *Zapfen* der *Netzhaut*, die für die *Farbwahrnehmung* verantwortlich sind. Die **R.-G.-B.** ist immer angeboren, weder verstärkt noch vermindert sie sich im Laufe der Zeit. Von ihr sind etwa 9% aller Männer und 0,8% der Frauen betroffen, sie ist damit deutlich häufiger als eine *Gelb-Blau-Sehschwäche* oder die vollständige *Farbenblindheit*, von der bisher weltweit nur drei Fälle beschrieben sind. *Protanopie* ist der Fachausdruck für Rot-Blindheit (Rot-Zapfen fehlen), *Protanomalie* für Rot-Sehschwäche (Rot-Zapfen degeneriert), *Deutanopie* für Grün-Blindheit (Grün-Zapfen fehlen), *Deutanomalie* für Grünschwäche, die häufigste Art der umgangssprachlich »Farbenblindheit« genannten Anomalie.

liegen, beugte Maria von dem Pfade ab und ging in das Gestein und in die Farrenkräuter hinein. Tiburius hinter ihr her. Sie führte ihn ohne Weg, aber sie führte ihn so, daß sie auf trokenen Steinen gingen und das Naß, welches in dem Moose und auf dem Pfade war, vermieden. Später kamen sie auf trokenen Grund. Zuweilen war es, wie ein schwach erkennbarer Weg, worauf sie gingen, zuweilen war es nur das rauschende Gestrippe, die Steine und das Gerölle eines dünn bestandenen Waldes, durch den sie gingen. Nach mehr als einer Stunde Wandelns kamen sie auf einen Abhang, der weithin von Wald entblößt war und durch die unzähligen noch deutlichen Stöke zeigte, daß die Bäume erst vor wenig Jahren umgeschnitten worden waren. Der Abhang blikte gegen Mittag, war von warmer Herbstsonne beschienen und von Bergen und Felsen so umstanden, daß keine rauhe Luft herein wehen konnte. Es wuchs allerlei Gebüsche und Geblüme auf ihm, und man konnte vielfach das Kraut der Erdbeeren um die Stöke geschart erbliken.

»Wir wollen nun hier in dem Urselschlage hinab sammeln,« sagte Maria, indem sie über dieses seltsame Baumschlachtfeld hin wies, »und wir werden nach einer Weile sehen, wer mehr hat.«

Nach diesen Worten ging sie schnell von der Seite Tiburius in den Holzschlag und in das sonnige Gestrippe hinein, und in einiger Zeit konnte er schon sehen, wie sie sich hier und dort büke, und etwas auflese. Das Körbchen mußte sie irgendwo hingestellt haben; denn er sah nicht mehr, daß sie es noch am Arme habe.

Er wollte nun also auch Erdbeeren pflüken, allein er sah keine. Wo er stand, war alles grün oder braun oder anders~ – nur keinen einzigen rothen Punkt konnte er erbliken, der eine Erdbeere angedeutet hätte. Er ging also weiter in den Schlag hinein. Jedoch hier

Grüne Erdbeer

sah er wieder nur das grüne Erdbeerkraut, allerlei braune und gelbliche Blätter, herabgefallene Baumrinde, und ähnliches: aber keine Erdbeere. Er nahm sich also vor, noch weiter zu gehen und noch genauer zu schauen. Es muß ihm auch gelungen sein; denn nach einer Weile hätte man schon sehen können, wie er sich bükte, und wieder bükte. Es war ein seltsamer Anblik, die zwei Wesen in dem gemischten Gestrippe des Holzschlages zu sehen. Das flinke geschikte Mädchen, welches sich gelenk zwischen den Zweigen bewegte, und den Mann in seinem grauen Roke, dem man es gleich ansah, daß er aus der Stadt hieher in den Wald gekommen sei.

Nach einiger Zeit sah Maria ihren Begleiter stehen, wie er einige Erdbeeren, die er gepflükt hatte, auf der flachen Hand hielt. Sie ging in Folge dieser Beobachtung zu ihm hin und sagte: »Seht, da habt ihr euch kein Körbchen oder anderes Gefäß zum Sammeln der Beeren mit genommen – wartet, ich will euch helfen.«

Nach diesen Worten zog sie ein Messer aus der Tasche ihres Rökchens, ging ein kleines Hügelchen, auf dem eine junge weißstämmige Birke stand, empor, und lösete von dem Stamme mit geschikten Schnitten ein Vierek aus der Rinde, das so weiß, so kräftig und so zart war, wie ein Pergament. Mit dem Vierke ging sie wieder zu Tiburius, schnitt aus dem Gebüsche, das neben ihm war, einige schlanke Zweige ab, puzte sie glatt aus, that in die zarte Rinde einige Schnitte, und machte so aus dem Vierke und aus den Zweigen eine niedliche Tasche, welche nicht nur recht schön die Erdbeeren aufzunehmen fähig war, sondern auch noch den Vortheil hatte, daß sie auf den durchgezogenen Zweigen wie auf Füßen stand.

»So,« sagte Maria, »da habt ihr jezt ein Körbchen, pflükt fleißig hinein, ich werde indessen auch in dem meinigen ungesäumt nach-

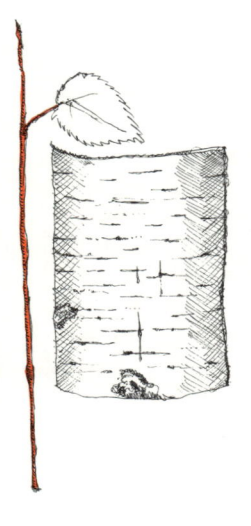

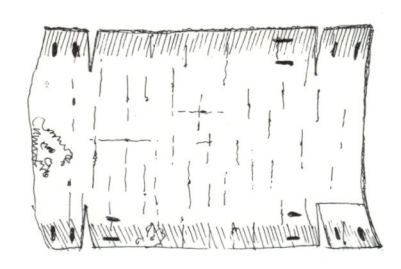

Rindenkörbchen

Liebe

Von tiefer Schwermut
    war der Geist umfangen,
Ihn rührte nicht
    der Sterne goldne Pracht;
Das Herz, es schwieg.
    Mich lockte kein Verlangen;
Die Sonne kam und schied,
    mir blieb es Nacht.
Ich sah der Menschen Sehnen,
    Ringen, Bangen
Verschlungen von
    des Augenblickes Macht.
Was war der Preis mühevoll
    durchstrebter Jahre?
Ein wenig Staub und eine Totenbahre.
    •
Da quoll aus tiefster Brust
    ein neues Werde,
Dem dumpfen Ich
    erschloß sich mild ein Du —
Erleichtert schien
    der Pilgerschaft Beschwerde,
Die Freud fand sich wieder,
    — selbst die Ruh':
Es bleibt der Mensch
    ein Fremdling auf der Erde,
Schwillt nicht das Herz
    dem Herzen gläubig zu —
Nur wer das Ich
    dem Ganzen hingegeben,
Wird mit dem Ganzen,
    ewig wirkend, leben.

Ernst Freiherr von Feuchtersleben
Aus »Poesie und Leben«

füllen, und wenn ihr fertig seid und etwa ein zweites braucht, so dürft ihr nur rufen.«

Sie ging von ihm weg wieder auf ihren Plaz, und förderte ihr Werk – Tiburius auch.

Als sie so viel hatte, wie sie gewöhnlich zu sammeln pflegte, ging sie zu Tiburius, und sah, daß er sein winzig kleines Körbchen auch beinahe voll hatte. Sie wandte sich nach einigen Seiten, um zu suchen, damit er doch auch sein Gefäß voll habe. Dann brachte sie ihm die gefundenen auf grünen Blättern, und füllte sie ihm in sein Rindentäschchen.

»So,« sagte sie, »nun haben wir beide unsere Geschirre voll und jezt gehen wir.«

Sie gingen nun wieder in derselben fast lächerlichen Art zurück, wie sie hereingekommen waren; nehmlich durch Gestripp, Farrenkräuter und Steine, ohne Weg, das Mädchen voran und Tiburius in dem grauen Roke hinter ihr. Sie führte ihn mit derselben Sicherheit wieder auf seinen Waldsteig zurück, mit der sie ihn zu den Urselschlägen hinab geführt hatte. Als sie zu der Stelle kamen, wo die Wege sich trennten, sagte sie: »Ihr könnt jezt da zu der Andreaswand hinaus gehen, da habt ihr näher in das Bad, ich gehe wieder links durch den Wald nach Hause. Lasset euch eure Erdbeeren wohl schmeken. Ihr könnt auch Zuker dazu nehmen, sogar auch Wein. Wenn ihr wieder kommt, nehmt ein Messer mit und macht euch ein viel größeres Körbchen als das heutige ist. Wollt ihr mit mir sammeln gehen, so kommt nur wieder übermorgen; ich gehe jeden zweiten Tag, so lange das jezige schöne Wetter dauert; wenn es einmal regnet, so sind in dieser Jahreszeit alle Erdbeeren verdorben, und ich gehe nicht mehr hinaus. Jezt lebt recht wohl.«

»Lebe wohl, Maria,« antwortete Tiburius.

Sie ging, ihr Körbchen mit dem weißen Tuche im Waldesdämmer gerade so tragend wie neulich, auf ihrem Wege links, Tiburius ging

Temperaturmonatsmittel von Innsbruck 1805–1814

	Jan.	Feb.	März	April	Mai	Juni	Juli	August	Sept.	Oct.	Nov.	Dez.	Mittel
1805	-0,2	2,6	4,5	8,7	13,1	16,2	17,5	16,4	15,4	7,2	-0,2	-2,8	8,1
1806	1,1	3,2	4,3	7,5	18,4	18,5	18,7	18,3	15,7	9,6	6,5	3,1	10,4
1807	-3,9	0,1	1,0	6,6	17,4	18,1	21,7	22,8	15,3	12,1	8,6	-3,7	9,7
1808	-2,3	-3,0	-1,2	7,6	16,7	16,6	19,9	19,4	16,6	9,5	6,1	-5,5	8,4
1809	2,3	6,5	7,1	8,0	15,4	18,1	19,6	19,1	15,6	9,7	3,2	0,9	10,5
1810	-4,1	-0,8	9,4	10,9	17,3	19,9	19,3	19,0	11,8	8,1	8,1	4,2	11,1
1811	-3,3	5,4	8,6	13,3	19,5	19,9	20,6	17,6	15,2	12,5	3,7	-3,1	10,8
1812	-7,6	2,2	4,7	6,8	15,6	17,1	17,5	17,8	15,4	11,5	1,7	-4,7	8,2
1813	-6,8	2,1	4,3	10,1	14,8	15,1	16,2	15,6	12,1	9,7	1,2	-1,2	7,8
1814	-2,9	-6,5	3,1	10,8	11,4	15,0	18,6	17,1	11,4	9,7	5,9	-0,3	7,8

rechts, und fuhr dann, sein Erdbeerkörbchen im Wagen vor sich her haltend, in den Badeort zurük. Da sie ihn so ankommen sahen, und da die Geschichte, wie er mit einer Birkenrindentasche Erdbeeren sammeln gegangen, und dann so zurük gefahren sei, sich auch in die nächsten Häuser verbreitet hatte, gab es wieder viel lustiges Gelächter: Tiburius aber wußte nichts davon, er ließ sich gegen Abend von seinem Diener sehr schöne Teller geben, und aß die gesammelten Erdbeeren. Er nahm keinen Wein dazu.

Von nun an war er noch zwei Male mit ihr. Das erste Mal machte er sich wirklich mit seinem Messer, das er mit nahm, eine ziemlich große Tasche aus Birkenrinde, die er zur Hälfte mit Erdbeeren voll las: das zweite Mal hielt er doch diese Beschäftigung für zu kindisch, und saß, während Maria ihre Erdbeeren pflükte, mit einem Buche auf einem Stoke und las. Er ging dieses lezte Mal auch wieder mit ihr zu ihrem Vater, und saß in seinem ewigen grauen Roke, den er lieb gewonnen hatte, geraume Zeit mit dem Manne auf der Bank vor dem Hause und redete mit ihm; denn der Tag war sehr schön, und die Herbstsonne legte ihre Strahlen so warm auf die Mittagseite des Hauses, daß sogar die Fliegen um die zwei Männer scherzten und lustig waren, als wäre es mitten im Sommer. Dann ging er allein,~ weil er jezt den feinen Pfad über den Hügel hinab schon wußte, auf die Straße und zu seinen Pferden.

Dieser freundliche warme Tag war wirklich der lezte schöne gewesen,~ wie es im Gebirge sehr oft, man könnte fast sagen, immer vorkömmt, daß, wenn im Spätherbste eine gar laue und warme Zeit ist, sie gewöhnlich als Vorbote erscheint, daß nun die Stürme und die Regen eintreten werden. Von der schönen duftigen Wand, die Tiburius immer von seinem Fenster aus gesehen hatte, und von der er sich anfangs gleich nach seiner Ankunft gewundert hatte, daß die Steine gar so hoch oben auf ihr hervorstehen, kam jezt nicht mehr der schöne blaue Duft zu ihm herüber, sondern sie war gar nicht mehr

~ **Abschied und Wiedersehen.** Es sind zwei Pole, wovon der eine *Wehmuth*, der andere *Freude* zum *Fixstern* hat, zwischen beiden in der Mitte liegt freundliche *Erinnerung*, mit dem holdleuchtenden *Wandelsterne*, *Mitgefühl* auch in der Ferne. Die *Wehmuth* des *Abschiedes* ist daher kein Hindernis der *Kur*, sie wird durch die vorgeträumte Freude des *Wiedersehens* weit in den Hintergrund gestellt.
Dr. Jos. Brenner, Ritter v. Felsach, Kurze Anleitung ..., Salzburg 1864

~ Der **Altweibersommer.** Ende September beginnt der **A.**, den man auch *Flug-* oder *Frauensommer* nennt. Seinen Namen hat er von den die Luft durchziehenden, glitzernden, hauchdünnen *Spinnfäden*, die im Sonnenlicht wie silbergraue Haare erscheinen, und die uns bei einem Herbstspaziergang oft unvermutet über das Gesicht streifen oder sich in unseren Haaren verfangen.¶ Das sind die Fäden feinster Gespinnste, mit Hilfe derer sich ganz junge Spinnen vom Winde forttragen lassen, bis sie irgendwo ein schützendes Quartier finden, wo sie den Winter überstehen können. Es sind also nicht – wie der Volksmund sagt – die Haare alter Frauen oder gar weißhaariger Waldfeen, die da so massenhaft durch die Luft wehen, die maßgeblich zur Bildung von Sagen und Legenden beigetragen haben. Der Ursprung der Bezeichnung A. führt weit in die ›

Vergangenheit zurück, wo im Altdeutschen mit dem Wort »*weiben*« das Knüpfen von Spinnweben bezeichnet wurde. Zu Vorzeiten sagte der Volksglaube, es handele sich bei den Spinnfäden um Fäden aus dem Mantel der Göttin. In Schlesien hieß es, *Frau Holle* wandele als Spinnerin überland und prüfe den Spinnfleiß der jungen Mädchen. In christlicher Zeit bezog man diesen Glauben auf die Maria. – Die Fäden seien aus dem Mantel, den Maria bei ihrer Himmelfahrt getragen habe. Die Fäden nennt man darum auch »Marienseide«, in Bayern »Unserer Lieben Frauen Gespinst«, in Holland »Mariendraadjes«. Die an den Fäden sitzenden Tautropfen gelten volksheilkundlich als Mittel bei erkrankten Augen.¶ Sagen wiederum berichten, daß alte Weiber diese »Haare« beim Kämmen verloren hätten und daß dies dem Wirken der *Nornen,* der alten Schicksalsgöttinnen, die die Lebensfäden der Menschen spinnen, zuzuschreiben sei. Alten Menschen, an denen solche Spinnfäden hängenbleiben, sollen sie Glück bringen.

~ **Klapper, Klemper, Knarre, Ratsche, Schnarre.** Zu den Idiophonen (Selbstklingern) zählende Geräuschinstrumente, die ohne gespannte *Saite, Membran* oder *Resonanzrohr* Schall erzeugen¶ Die **Knarre** besteht aus einer Achse, die zugleich als Handgriff dient, der bewegliche Rahmen mit einer elastischen *Holzzunge* und ein fest stehendes Zahnrad ist an ihr angebracht. Beim Schwenken schlägt die *Zunge* gegen die *Radzähne,* dabei entsteht ein durchdringendes, knarrendes Geräusch. Bei größeren Instrumenten mit mehreren *Zungen* steht der Rahmen fest, das Zahnrad wird mit einer Kurbel bewegt. Ursprünglich ein volkstümliches Lärminstrument, welches in der Karzeit als *Kirchenglockenersatz* Verwendung hat.¶ Die **Klapperbretter** sind rhythmisch verwendete Lärminstrumente, sie bestehen aus Brett, Handgriff und Hammer, ebenfalls für das vorösterliche Brauchtum gefertigt. Von Kindern, meist Ministranten, werden die **Klapper**bretter als Ergänzung zum Umgang mit den **Ratschen** und anderseits von Gründonnerstag bis Karsamstag als Ersatz der Meßglocken im Gottesdienst verwendet.¶ Durch eine leichte Schwungbewegung aus dem Handgelenk schlagen die Hämmerchen dieser »**Klappern**« (Oberösterreich), »*Hammerln*« (Niederösterreich) oder »*Tafeln*« (Kärnten) abwechselnd auf die beiden Bretthälften. Die Tonhöhe bzw. die Klang- ›

sichtbar, und nur graue wühlende Nebel drehten sich unaufhörlich von jener Gegend her, als würden sie aus einem unermeßlichen Sake ausgeleert, der aber nie leer werden wolle; aus den Nebeln fuhr ein unabläßiger Wind gegen die Häuser des Badeortes, und der Wind brachte einen feinen prikelnden Regen, der entsezlich kalt war. Tiburius wartete einen Tag, er wartete zwei, er wartete mehrere – allein da der Badearzt selber sagte, daß jezt wenig Hoffnung vorhanden sei, daß noch milde und der Heilung zuträgliche Tage kämen, ja daß diese Zeit eher den Fremden schädlich als nüzlich werden könne: ließ er seinen Reisewagen paken, und fuhr nach Hause. Ein paar Tage vorher, da er gerade im Aufräumen begriffen war, war der Holzknecht bei ihm gewesen, der ihm damals in der Nacht den Weg von dem Schwarzholze nach Hause gezeigt hatte, und hatte ihm den anvertrauten Stok gebracht. Er sagte, daß er eher gekommen wäre, wenn er gewußt hätte, daß der Knopf von Gold sei, er habe es erst gestern erfahren. Tiburius antwortete, das mache nichts, und er wolle ihm für seinen Dienst mehr geben, als der Knopf sammt dem Stoke werth wäre. Er hatte ihm die Belohnung eingehändigt, und der Knecht war unter sehr vielen Danksagungen fort gegangen.

In der Gegend, in welcher Tiburius Landhaus stand, waren noch recht schöne, wenn auch meistens sanft umwölkte Tage. Herr Tiburius fuhr zu dem kleinen Doctor hinaus, der in seinem Garten die klappernden Vorrichtungen~ hatte, und seine Pflanzenanlagen immer erweiterte. Der Doctor empfing Herrn Tiburius wie gewöhnlich, er redete mit ihm, und sagte ihm aber nichts, ob er ihn besser oder übler aussehen finde. Herr Tiburius erzählte ihm, daß er in dem Bade gewesen sei, und daß es ihm bedeutend gut gethan habe. Von dem Leben und Treiben des Bades, und was sich sonst in demselben

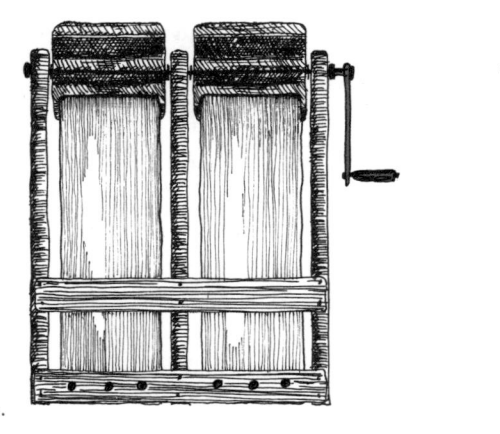

1.

ereignet haben könnte, erzählte er ihm nichts. Er stand an den Pflanzenbehältnissen und der Doctor wirthschaftete troz der vorgerükten Jahreszeit noch immer ohne Rok herum. Ehe der Schnee kam, war Tiburius noch wiederholt bei dem Doctor gewesen.

Im Winter nahm er einmal hohe Stiefel und einen warmen rauhen Rok und versuchte im Schnee spazieren zu gehen. Es gelang, und er that es dann noch mehrere Male.

Als aber die Sonne ihre Strahlen im Frühlinge wieder warm und freundlich herab fallen ließ, und als sich Tiburius aus seinen Büchern, welche von dem Bade handelten, überzeugt hatte, daß jezt dort auch schon die wärmere Jahreszeit angebrochen sei, rüstete er wieder seinen Reisewagen und fuhr nach dem Bade ab. Da er zu den Leuten gehörte, welche immer gerne bei dem Alten und einmal Gewohnten bleiben, hatte er schon in dem vorigen Herbste, ehe er nach Hause fuhr, die bisher besessene kleine Wohnung für den ganzen künftigen Sommer von seinem alten Wirthe gemiethet.

Als er dort angekommen war, als man alles ausgepakt hatte, als die seidenen Chinesen vor seinem wohlgeordneten Bette prangten, ging er daran, sich für den heurigen Sommer einzurichten. Er legte sich die schönen Zeichenbücher, die er für dieses Mal mitgebracht hatte, auf das Tischlein, auf das die blaue Wand jezt recht freundlich herein schaute, er legte die Päkchen Bleistiften dazu, die er vorgerichtet hatte, und er fügte noch die niedlichen Kästchen bei, in denen die feinen Feilen befestigt waren, an welchen er die Zeichenstiften spizte. Zulezt, da alles geschehen war, ließ er auch den Arzt rufen, um mit ihm über sein bevorstehendes Verhalten etwas zu sprechen.

Als alles in Ordnung war, fuhr er zu der Andreaswand hinaus. Sie prangte in vollem Frühlingsschmuke. Die Gestrippe, die Blätter

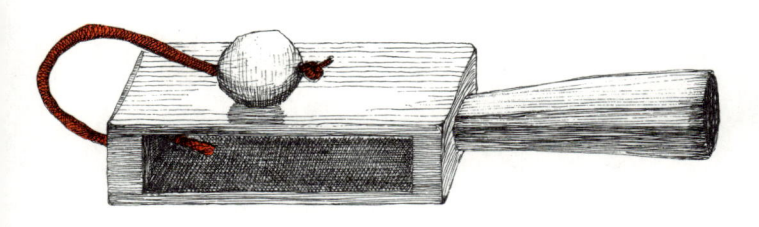

farbe ist von der unterschiedlichen Größe und Stärke des Brettes abhängig.¶
In ländlichen Gegenden werden verschiedene *Schlagidiophone* zur Signalgebung und Verständigung benutzt, um die Distanz etwa zwischen einem Bauernhof und den sich außerhalb der Rufweite befindlichen Angehörigen zu überbrücken. Die sgn. *Klemper,* eine freihängende ringförmige Eisenscheibe, wurde zu diesem Zweck mit einem Hammer geschlagen. Mit ihrem durchdringenden Dröhnen rief man zum Essen. Sie wurde auch zu Zeitansagen und bei Notfällen als Alarmsignal eingesetzt.¶ *Glöckeltruhe* und *Aufschlagröhre* bestehen aus einem Holzblock, der der Länge nach ausgehöhlt bzw. durchbohrt ist und somit leicht in Schwingung gerät. Als *Schlagkörper* ist eine Kugel frei hängend am oberen Blockende befestigt. Diese ein- oder zweigriffige *Kugelklapper* diente vor allem zur *Signalgebung,* zur Verständigung bzw. Warnung während der Jagd, als Zeitanzeiger usw. Verschiedene Namen weisen auf die Verbreitung und Funktion in den alpenländischen Regionen hin: Essen-Klepper oder -Kleber, Lapl, Schebern, Klachl und Glöckeltruhe.

»So lange Schnee fällt« sagt Jean Paul, »will der Mensch alle vier Welt-Ecken bereisen – bricht aber das Frühjahr an, so schlägt er zwei seiner besten Vorsätze aus der Acht, erstlich den, früher aufzustehen, und zweitens eben den obengedachten.«

~ **Aphorismen über die Heilanstalten zu Ischl.** §1. Die Heilanstalten von Ischl begreifen in sich: das *Soolenbad,* das *Salzdampfbad,* das *Moor-* [Bergschlamm] und das *Molkenbad,* so wie das Bad von *Moorwasser,* das Trinken der *Alpenmolke,* der *Maria-Louisens-Salzquelle* und der *Wirers-Quelle,* die Schwimmschule in der Ischl, die *gymnastische Anstalt.* §2. Als diätische Beihilfsmittel sind hieher zu rechnen, der häufige Genuß von *Gebirgs-Erdbeeren,* der *sauren* und *süßen Milch,* das Besteigen der *Berge,* Ausflüge in die schönen *Nebenthäler,* das Verweilen in den duftenden *Wäldern* u.s.w. §3. Das Angeführte wird nach den verschiedenen Krankheitsformen entweder einzeln, oder vereint benützt. §4. Man rechnet gewöhnlich zu einer ganzen Badekur 30 Bäder. Diese Bestimmung ist indessen sehr willkührlich, und es hängt von der Individualität des Kranken, von der Krankheitsform, und besonders von der kürzeren oder längeren Dauer des Leidens ab, wie viele Bäder hinreichen, das gegebene Leiden zu heben, oder doch wenigstens zu bessern. §5. Bäder sollen so lange angewendet werden bis durch sie die *Heilkraft* der Natur erweckt, und eine solche Reaktion ›

2.

Lärminstrumente. 1. Knarre 2. Glöckeltruhe

im *Organismus* herbeigeführt wird, die hinreichend ist, die Materia peccans auszuscheiden, den ganzen *Vegetations-Prozeß* umzustimmen, und gleichsam einen neuen Organismus zu schaffen. §6. Dieses kann nur dann geschehen, wenn der Organismus bis in seine *Atome* von den in dem Bade wirksamen Bestandtheilen durchdrungen, d.h. gesättiget ist. §7. Ist dieses der Fall, so macht die Natur Anstalten, die aufgenommenen *Arznei-Stoffe* und mit diesen das Krankhafte auszuscheiden. §8. Diese Bemühung gibt sich kund, durch Nichtvertragen des Bades, durch Unwohlseyn, endlich durch Fieber und Verschlimmerung aller früher da gewesenen Krankheitssymptome. Dann ist es Zeit die Bäder auszusetzen, und die *heilende Natur* in ihrem Gange, ohne geschäftig einzugreifen, zu beobachten, und sie nur so zu leiten, dass sie nicht auf Abwegen gerathet. §9. Daher kommt es auch, dass gerade jene Kranke, die unsern Kurort in verschlimmertem Zustande, daher unzufrieden verlassen, in der Folge denselben so sehr loben, und wieder kommen. §10. Jene Kranken aber, die keine solche Verschlimmerung erfahren, haben keinen Nutzen vom Bade zu erwarten, und bleiben *ungeheilt*, nicht, weil das Bad in vielen dieser Fälle nichts leisten würde, sondern weil sie nicht die Geduld hatten, oder es ihre Umstände nicht erlaubten, bis zur bezeichneten Sättigung zu baden. Mancher Kranke würde geheilt werden, wenn er statt 30, 60 Bäder nehme. Mancher braucht aber auch zur Sättigung eine weit geringere Anzahl. §12. Was von den Bädern gesagt wurde, gilt auch von dem Trinken der genannten Wässer und Molken. §25. *Hysterie* in Anschoppungen [Anhäufung/Verstopfung] findet hier bei anhaltendem Gebrauche, häufig selbst Heilung; selbst aber auch jene, die rein nervöser Natur sind. In dieser wirkt besonders beruhigend der Zusatz von Molke ins Bad, und gründet sie sich mehr auf Schwäche, so ein Zusatz von Moorwasser. §26. *Skrophulöse* und *gichtische Augenentzündungen*, wenn sie chronisch geworden sind, heilen durch unsere Bäder selbst dann noch, wenn schon Alles vergebens angewendet wurde. Sie retteten schon Manchen, der in Gefahr war, blind zu werden. §30. Leichtere *Infarkten der Leber* und *schlechte Gallenabsonderung* können hier behoben werden. Schwerere Leiden in diesem Organ erfordern Karlsbad, und werden zur Nachkur mit Vortheil hieher geschickt. Da ist dann die *Wirersquelle* angezeigt. §31. Bei *Schwächlingen*, mit einem sehr zarten, reizbaren, für jeden Witterungs-Einfluss empfänglichen *Hautorgan*, werden Morgens kühle Soolenbäder, und Abends das Schwimmen in der Ischl, in der vom Hofrathe Dr. v. Wirer erbauten Schwimmschule mit großem Nutzen ordinirt. ›

und die Pflanzen aller Art hatten jezt das herrliche lachende Grün statt dem Braun und Gelb des vorigen Herbstes, und es leuchtete daraus manches feurige Blau und Roth und Weiß emporgeblühter Blumen heraus. Der Wald hatte das jugendliche hellgrüne Ansehen, und selbst aus manchem liegenden Strunke, der im vorigen Jahre nur dürres Holz geschienen hatte, standen frisch aufgeschossene beblätterte Triebe empor. Nur Erdbeeren, dachte er, werden wohl noch gar keine in dieser Jahreszeit sein.

Er stand eine Weile und ging herum und schaute. Da er das zweite Mal hinaus gekommen war, zeichnete er, und ging dann tief in seinen Waldpfad hinein. Es war auch hier alles anders: der Pfad schien enger, weil überall die Gräser hinzu wuchsen; und die Bäume und Gesträuche hatten lange Ruthen und Zweige nach allen Richtungen hervor geschossen. Selbst die Steine, die er sehr wohl kannte, hatten manches lichte Grün, und auf verschiedenen Stellen, wo nur ein dürftiges Pläzchen zu gewinnen war, stand sogar ein Blümchen empor.

Als auf diese Weise einige Zeit vergangen war, als viele recht schöne Tage über das Gebirge und über das Thal gingen, als er sogar schon einmal durch das ganze Schwarzholz bis hinaus zu dem Anblike der Schneefelder und von da wieder zurük gewandert war, geschah es eines Tages, da er eben mit seinen Zeichenbüchern und mit dem grauen Roke auf dem Pfade schlenderte, daß Maria leibhaftig gegen ihn daher ging. Ob sie gekleidet war, wie im vergangenen Jahre, ob anders, das wußte er nicht, denn er hatte es sich nicht gemerkt – daß er selber ganz und gar der nehmliche war, wußte er auch nicht, weil er nie daran dachte.

Veilchen, *Viola odorata*

Als sie ganz nahe gekommen war, blieb er stehen, und sah sie an. Sie blieb gleichfalls vor ihm stehen, richtete ihre Augen auf ihn und sagte: »Nun, seid ihr schon wieder da?«

»Ja,« sagte er, »ich bin schon seit längerer Zeit in dem Bade, ich bin auch schon oft hier heraus gekommen, habe dich aber nie gesehen, natürlich, weil noch gar keine Erdbeeren sind.«

»Das thut nichts, ich komme doch öfter heraus,« antwortete Maria, »denn es wachsen verschiedene heilsame und wohlschmekende Kräuter, die im Frühlinge sehr gut sind.«

Nach diesen Worten richtete sie ihre hellen Augen erst noch recht klar gegen die seinen und sagte: »Warum seid ihr denn damals falsch gewesen?«

»Ich bin ja gar nicht falsch gewesen, Maria,« antwortete er.

»Ja ihr seid falsch gewesen,« sagte sie. »Welchen Namen man von Geburt an hat, der ist von Gott gekommen, und den muß man behalten wie seine Eltern, sie mögen arm oder reich sein. Ihr heißet nicht Theodor, ihr heißet Tiburius.«

»Nein, nein, Maria,« antwortete er, »ich heiße Theodor, ich heiße wirklich Theodor Kneigt. Die Leute haben mir den Namen Tiburius aufgebracht, er kam mir schon ein paar Male zu Ohren, und ein Freund zu Hause nennt mich unaufhörlich so – wenn du meinen Worten nicht glaubst, so kann ich es dir beweisen – warte, ich habe einige Briefe bei mir, auf welchen die Aufschrift auf meinen Namen gemacht ist – und wenn du dann auch noch zweifelst, so kann ich dir morgen mein Taufzeugniß weisen, in welchem mein Name unwiderleglich steht.«

§32. So wie die gymnastische Anstalt von Vielen mit Nutzen besucht wird, um ihre Muskeln zu üben, ihren Körper gewandter und kräftiger zu machen, und ein gutes Wachstum zu befördern §34. Lungenschwache, mit chronischem Husten Behaftete, vermehrte Schleimabsonderung in den Bronchien, Luftröhre und Kehlkopf, chronische Halsentzündungen, besonders durch Flechten – Bläschen im Halse bedingt, Rheumatische, Gichtische, mit trockener Haut Begabte, erfordern den Gebrauch der Salzdampfbäder. Jedoch sey jede vorwaltende Entzündung, jede starke Neigung zu Congestionen nach edlen Eingeweiden entfernt. §43. Die Salzdunstbäder heben sicher, wie mehrere Beispiele lehrten, den so fatalen Gesichtsschmerz, wenn man rheumatische oder gichtische Reizung der Gesichtsnerven suponiren kann. Es wurde schon Mancher von solchem Schmerz befreit, der Jahre durch vergebens auf andere Weise behandelt wurde.

Dr. Jos. Brenner, Ritter v. Felsach: Kurze Anleitung …, Salzburg 1842

Alleben

Wandelst du am Bache
Durch den Wald gemach,
Sinne du der Sprache
Seiner Wellen nach.

•

Wenn die Blume traulich
Dir entgegenlacht,
Weile du beschaulich
Vor der duft'gen Pracht.

Den Krystall beachte,
Der den Tropfen birgt,
Liebevoll betrachte,
Wie er lebt und wirkt.

•

Liebevoll versenke
Dich in jedes Sein,
Wirst vielleicht, bedenke,
Blume, Welle, Stein.

Ludwig August Frankl

Maiglöckchen, *Convallaria maialis*

Bei diesen Worten griff er in die Brusttasche seines grauen Rokes, in der er mehrere Papiere hatte. Maria aber faßte ihn an dem Arme, hielt ihn zurük und sagte: »Lasset das, ihr braucht es nicht. Weil ihr es gesagt habt, so glaube ich es schon.«

Er ließ mit einigem Zögern die Papiere in der Tasche, zog die leere Hand heraus, und Maria ließ dann mit der ihrigen seinen Arm los.

Nach einer Weile fragte Herr Tiburius: »Also hast du mir in dem Bade nachgeforscht?«

Maria schwieg ein wenig auf die Frage, dann sagte sie: »Freilich hab ich euch nachgeforscht. Die Leute sagen auch noch andere Dinge – sie sagen, daß ihr ein sonderbarer und närrischer Mensch seid – aber das thut nichts.«

Nach diesen Worten richtete sie sich zum Gehen. Herr Tiburius ging mit ihr. Sie sprachen von dem Frühlinge, von der schönen Zeit; und wo der Weg die Gabel bildet, trennten sie sich – ihr Pfad ging links in die Waldestiefe hinunter, der seinige rechts gegen die Wand.

Herr Tiburius ging nun auch einmal auf den Muldenhügel hinauf, wo das Häuschen ihres Vaters stand, und nach diesem ersten Besuche kam er öfter, indem er die Pferde und die Leute auf dem gewöhnlichen Plaze der Straße auf sich warten ließ. Er saß bei dem Vater und redete von verschiedenen Dingen mit ihm, wie sie dem Manne eben einfielen, – und er redete auch mit Maria, wie sie in dem Hause so herumarbeitete, oder, wenn sie in der Stube waren, zu ihnen an den Tisch trat und zuhorchte – oder, wenn sie auf der Gassenbank saßen, daneben stand, die Hand an das Angesicht hielt, und auf die fernen Berge oder auf die Wolken hinaus schaute. Der Vater verzärtelte das Mädchen, er ließ sie arbeiten, was sie wollte, oder er ließ sie auch, wenn es ihr gefiel, fort wandern und müssig in dem Walde herum gehen. Zuweilen begleitete sie den Herrn Tiburius ein Stükchen auf dem Hügel, und machte sich gar nichts daraus, ihm zu sagen, wann sie wieder in den Wald käme, damit sie dort zusammen träfen.

Herr Tiburius versäumte diese Gelegenheiten nicht, sie gingen mit einander herum, sie pflükte die Kräuter in ihr Körbchen, zeigte ihm manche von ihnen auf ihrem Standorte und nannte ihm die Namen derselben, wie sie nehmlich in ihrer ländlichen Sprache gebräuchlich waren.

Endlich zeigte ihr Tiburius seine Zeichenbücher. Er hatte erst spät vermocht, dieses zu thun. Er schlug die Blätter auf, und wies ihr, wie er manche Gegenstände des Waldes und der Wand mit feinen spizigen Stiften nachbilde. Sie nahm den lebhaftesten Antheil an der Sache, und gerieth in ein sehr großes Entzüken, daß man mit nichts als ledigen schwarzen Strichen so getreu und lieblich und wahrhaftig, als ob sie da ständen, die Gegenstände des Waldes nachbilden könne. Sie saß von nun an, wenn er zeichnete, bei ihm, schaute sehr genau zu, und ließ die Blike auf die Gegenstände und auf die Linien des Buches hin und her gehen.

Nach einer Zeit redete sie sogar schon darein und sagte oft plözlich: »Das ist zu kurz – das steht draußen nicht so.«

Er erkannte es jedes Mal als recht, was sie sagte, nahm Federharz,~ löschte die Striche aus, und machte sie, wie sie sein sollten.

Zuweilen begleitete er sie nach solchen Stunden zu ihrem Vater, zuweilen ging sie mit ihm bis an die Steinwand. Von seinem Wagen, und daß seine Diener auf ihn draußen warteten, sagte er ihr nichts.

So verging ein geraumer Theil des Sommers.

Eines Nachmittags, als schon längstens wieder Erdbeeren waren, als er an der Steinwand saß und zeichnete, als sie, das volle Erdbeerkörbchen neben sich gestellt, hinter ihm in den Steinen saß und zuschaute, als eine langstielige hohe Feuerlilie neben ihnen prangte, sagte er: »Wie kommt es denn, Maria, daß du dich in dem Walde gar

~ **Kautschuk.** Nach alter unrichtiger Benennung *Gummi elasticum,* jetzt richtiger *Resina elastica, Federharz,* frz. resine elastique, Caoutchouc, engl. India rubber. Dieses wichtige Pflanzenprodukt hat zwar vieles mit den Harzen gemein, zugleich aber auch so Eigentümliches, daß man in wissenschaftlichen Aufstellungen gewöhnlich eine besondere Gruppe neben den Harzen annimmt, in welcher **K.** und was dem ähnlich, unter dem Gemeinnamen Kautschukkörper zusammengefaßt wird. Sie stammen alle aus den Milchsäften gewisser Bäume, sind in denselben in der Form feinster Kügelchen wie die Butterfettkügelchen in der Milch aufgeschwemmt und verteilt, und bilden, wenn abgeschieden, zusammenhängende, in Wasser nicht wieder verteilbare Massen. Es sind mit der Zeit eine größere Anzahl tropischer Gewächse bekannt geworden, welche dergleichen Milchsäfte führen, und es sind dies hauptsächlich Angehörige der Familien der *Euphorbiaceen* [Wolfsmilcharten], *Urticeen* [Nesselgewächse], *Apocineen* und *Artocarpeen* [Brotfrüchtler, Feigenblume]. Während die beiden ersten bei uns nur durch einige *Kräuter* vertreten sind, zählen sie in der heißen Zone stattliche Bäume zu den ihrigen. In *Ostindien,* der zweiten gummiliefernden Weltgegend, hat man dafür den Gummifeigenbaum, *Ficus elastica,* aber auch noch verschiedne andre dazu. In neuerer Zeit sind auch an der *Westküste Afrikas* Gummibäume gefunden worden und von dorther ist einige Ausfuhr in Gang gekommen; die Ware ist indes bis jetzt von geringer Beschaffenheit. Die jetzt so vielseitige und massenhafte Verwendung des **K.** liefert einen glänzenden Beleg für die Strebsamkeit der heutigen Industrie. Die erste Bekanntschaft des Stoffes in Europa scheint durch den französischen Gelehrten *Condamine* vermittelt worden zu sein, der 1736 bis 1745 in Brasilien und Peru reiste.
Köhler's Medizinalpflanzen, Gera-Untermhaus 1898

Arbeitsschritte bei der Brettchenfertigung eines Bleistiftes seit dem 19. Jh. 1. *Zedernholzbrettchen 180×70×5 mm* 2. *Fräsen der Rillen, Tränken mit Leim* 3. *Einlegen der Minen in das Unterbrettchen* 4. *Auflegen und Verbinden mit dem Oberbrettchen* 5. *und* 6. *Aushobeln der Bleistiftrohlinge* 7. *Lackieren und Prägen des Bleistiftes*

nicht fürchtest, und daß du von dem Augenblike an, da wir zum ersten Male zusammen getroffen sind, auch mich gar nicht gefürchtet hast.«

»Den Wald habe ich nicht gefürchtet,« antwortete sie, »weil ich gar nicht weiß, was ich fürchten sollte – ich bin von Kindheit auf da gewesen, und kenne alle Wege und Gegenden, und weiß nicht, was zu fürchten wäre. Und euch habe ich nicht gefürchtet, weil ihr gut seid, und weil ihr anders seid, als die andern.«

»Ja wie sind denn die andern?« fragte Herr Tiburius.

»Sie sind anders,« antwortete Maria. »Ich bin früher zuweilen in das Bad hinein gegangen, wie es hier schier alle thun, um mancherlei Gegenstände zu verkaufen – aber dann ging ich gar nicht mehr hin, als wenn die fremden Leute schon alle weg waren; denn sie haben mich immer – und darunter waren Männer, denen es gar nicht ziemte – an den Wangen genommen und gesagt: »Schönes Mädchen.««

Herr Tiburius legte nach diesen Worten seinen Stift in das Zeichenbuch, that das Buch zu, kehrte sich auf seinem Steine um, und schaute sie an. Er erschrak ungemein; denn sie war wirklich außerordentlich schön, wie er in dem Augenblike bemerkte. Unter dem Tüchlein, das sie immer auf dem Haupte trug, quollen sanft gescheitelt die dunkelbraunen Haare hervor und zeigten in ihren zwei Abtheilungen die feine schöne Stirne noch feiner und schöner, überhaupt war das ganze Angesicht troz der frischen und gesunden Farbe unsäglich fein und rein, was durch die groben Kleider, die sie gewöhnlich an hatte, noch eher gehoben als gefährdet wurde. Die Augen waren sehr groß, sehr dunkel und glänzend, sie schauten den Menschen, wenn sie aufgeschlagen waren, sehr offen an, und waren, wenn sie sich nieder schlugen, von den langen holden Wimpern demüthig bedekt. Die Lippen waren roth und die Zähne weiß. Ihre Gestalt zeigte selbst jezt, da sie saß, die dem Antlize entsprechende Größe und war schlank und sanft gebildet.

Herr Tiburius, da er sie so angesehen hatte, wendete sich wieder um, that sein Buch wieder auf, und zeichnete weiter. Aber er zeichnete nicht mehr gar lange, sondern sagte halb zu Maria zurük gewendet: »Ich höre heute lieber auf.«

Er stekte den Stift in die Hülse, welche an dem Zeichenbuche angebracht war, er that das Buch zu und schnallte es zusammen, er stekte die Sachen, die herum lagen, zu sich und stand auf. Maria erhob sich ebenfalls aus dem Gesteine, in welchem sie gesessen war, und richtete ihr Körbchen zusammen. Dann gingen sie, er sein Zeichenbuch unter dem Arme, sie ihr volles Körbchen an der Hand tragend, mit einander fort. Sie gingen von der Wand nicht gegen die Straße zu, sondern gegen den Wald, weil sie Tiburius bis an die Stelle begleiten wollte, wo ihr Pfad in dem Dikicht seitwärts lenkte, um gegen den Hügel zu gehen, auf dem das Haus ihres Vaters stand.

Als sie an der Stelle angekommen waren, blieben sie stehen und Maria sagte: »Lebt recht wohl, und vergeßt nicht, übermorgen zeitlich genug zu kommen; denn jezt stehen die Erdbeeren in den Thurschlägen unten, wohin es viel weiter ist. Ihr könntet ja dann auch wieder einmal zu dem Vater mitgehen, ich richte euch beiden die Erdbeeren zurecht, daß ihr sie esset. Jezt gute Nacht.«

»Gute Nacht, Maria, ich werde kommen,« antwortete Tiburius, und wandte sich gegen seine Wand zurük.

Sie aber vertiefte sich zwischen den Zweigen und Stämmen der Tannen.

Herr Tiburius kam an dem Tage, wie er versprach, sie aber war schon da und wartete auf ihn. Da sie ihn ansichtig wurde, lachte sie und sagte: »Seht, ihr seid doch zu spät gekommen, ich bin heute

~ **Die Erdbeeren.** Die E. sind ja heilende Beeren. Keine von den gewöhnlichen Früchten nimmt die *innere Hitze*, welche besonders bei heißer Temperatur vorkommt, mehr als die E. Wir haben an ihnen auch ein vorzügliches Mittel, das Blut zu reinigen und die *Säfte* zu verbessern, und es wäre recht gut, wenn man eine *Erdbeerkur* machen würde, wenn man solche vorräthig hat. Aber dann soll man es nicht so machen wie so Viele, die auf einmal einen ganzen Liter oder noch mehr essen. Das würde rein gar nichts nützen. Es würde damit gehen wie mit dem vielen Trinken. Wenn Einer recht Durst hat und trinkt ein paar Liter Wasser, so wird es im Magen bald erwärmt sein und faulig werden, und er trägt also längere Zeit faules Wasser im Körper herum. Wer aber das Wasser bloß löffelweise trinkt, wird nach und nach seinen Durst um so sicherer löschen. Genauso ist es mit den E. Je kleiner die Portionen sind, desto besser ist die Wirkung, und wenn Einer sich den Magen gut auskühlen will durch E., würde ich ihm rathen, alle Stunden einen Löffel voll E. zu nehmen. Das wäre gut. Gerade so ist es mit der Reinigung des Blutes; auch hiezu wäre alle Stunden ein Löffel voll E. zu nehmen. Ebenso ist es auch mit den *Erdbeerblättern*. Wenn man sie auf die angegebene Weise trocknet und die Luft etwas absperrt, behalten sie ihre Kraft vollständig, und *Thee* von ihnen wirkt ebenso, wie die E. ein Heilmittel sind, auch kühlend auf den Magen, reinigt das Blut und ist auch für die Gesundheit der Säfte vorzüglich. Aber seht, da geht man in den Wald und holt E., frägt sich jedoch nicht, wie man sie genießen soll! In dieser Beziehung wäre die beste Regel: Man soll 14 Tage hindurch alle Tage drei Portionen oder alle Stunden einen Löffel voll nehmen; dann wird man in 14 Tagen, resp. in 3–4 Wochen den herrlichsten Erfolg haben. Gerade so könnte man es mit dem *Erdbeerblätterthee* machen. Wenn man 14 Tage lang oder auch 3–4 Wochen hindurch jeden Morgen, Mittag und Abend einen Löffel *Erdbeerblätterthee* nehmen würde, dann hätte man wieder eine *Erdbeerkur* mit Blättern durchgemacht, die vorzüglich ist.
Sebastian Kneipp: Öffentliche Vorträge, 1892

genau nach unserer Uhr fort gegangen und bin früher eingetroffen, als ihr. Jezt müßt ihr mit mir in die Thurschläge hinunter gehen, und dann müßt ihr mit zu dem Vater, und müßt von den Erdbeeren essen.«

Tiburius ging mit ihr in die Thurschläge, er blieb dort, so lange sie Erdbeeren pflükte, ging dann mit ihr zu ihrem Vater und aß die Erdbeeren, die sie den Männern auf die gewöhnliche Weise herrichtete,~ während sie die ihrigen auf einem abgesonderten grünen Schüsselchen aß.

Allein Herr Tiburius war von jezt an viel scheuer und schüchterner als zuvor.

Er erschien jedes Mal, wenn sie sich in dem Walde zusammen bestellten; sie gingen mit einander herum, wie zuvor; aber er war zurükhaltender als sonst, er umging mit Aengstlichkeit das Wörtchen Du, daß er es nicht zu oft sagen mußte, und manchmal, wenn sie es nicht bemerkte, sah er sie verstohlen von der Seite an, und bewunderte einen Zug ihrer Schönheit.

So verging der lezte Theil des Sommers, und es erschien der Herbst, an welchem es gerade ein Jahr war, daß er sie kennen gelernt hatte.

Da geschah es eines Abends, daß dem Herrn Tiburius unter den vielen Gedanken, die ihm jezt seltsam, und ohne daß er oft ihren Ursprung kannte, in dem Haupte herum gingen, auch der kam: »Wie wäre es, wenn du Maria zu deinem Weibe begehrtest?«

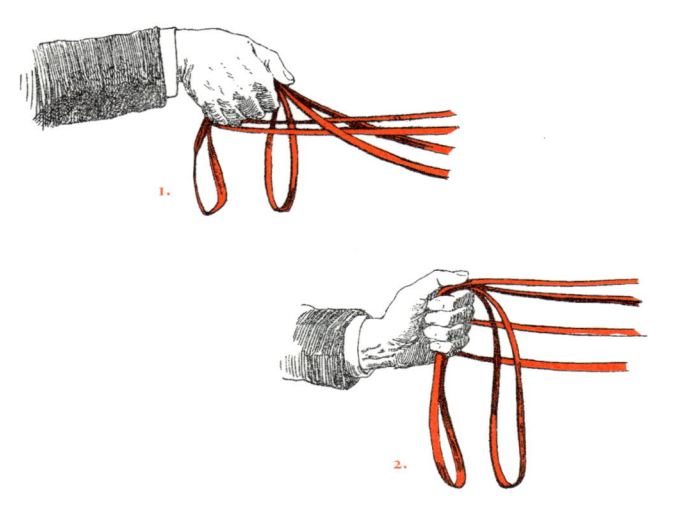

Als er diesen Gedanken gefaßt hatte, wurde er fast aberwizig vor Ungeduld; denn es war ihm, als müßten alle unverheiratheten Männer des Badeortes den heißesten und sehnsüchtigsten Wunsch haben, Maria zu ehlichen. Er war heute nicht bei ihr und ihrem Vater gewesen: wie leicht konnte einer in der Zeit hinaus gefahren sein, und um sie geworben haben. Er begriff den Leichtsinn~ nicht, mit welchem er den ganzen Sommer an ihrer Seite gewesen war, ohne diesen Zwek in das Auge gefaßt, und Mittel zur annähernden Verwirklichung desselben eingeleitet zu haben.

Er ließ daher am andern Tage früh Morgens anspannen, und fuhr so weit auf der Straße hinaus, als es ohne Aufsehen möglich war, worauf er dann auf dem Fußwege durch das Gestrippe über den Hügel zu dem Häuschen hinauf wanderte. Er hatte die Badeordnung, die er überhaupt schon vernachläßigte, auf die Seite gesetzt.

Da sich Vater und Tochter verwunderten, warum er denn heute so früh komme, konnte er eigentlich keinen Grund angeben. Maria blieb gerade darum, weil er da war, immer in der Stube. Als sie aber einmal doch, um irgend ein häusliches Geschäft zu besorgen, hinaus ging, trug er dem Vater sein Anliegen vor. Da sie wieder herein gekommen war, sagte dieser zu ihr: »Maria, unser Freund da, der uns in diesem Sommer so oft und so nachbarlich besucht hat, begehrt dich zu seinem Weibe – wenn du nehmlich selber, wie er sagt, recht gerne einwilligst, sonst nicht.«

Maria aber stand nach diesen Worten wie eine glühende Rose da. Sie war mit Purpur übergossen und konnte nicht ein einziges Wort hervor bringen.

»Nun, nun, es wird schon gut werden,« sagte der Vater, »du darfst jezt keine Antwort geben, es wird schon alles gut werden.«

Als sie auf diese Worte hinaus gegangen war, als Herr Tiburius, dem es beim Herausfahren nicht eingefallen war, daß er Belege über seine Person mitnehmen müsse, zu dem Vater gesagt hatte, er werde ihm alles, was ihn und seine Verhältnisse angehe, bringen, in so ferne er es hier habe, und um das Fehlende werde er sogleich schreiben, als er sich hierauf bald entfernt hatte, und der Vater zu Maria, die auf

~ **Wie man sich hüten könne, nicht verliebt zu werden?** Eine philosophische Abhandlung des Herrn Professor Meiners über die Frage: »*Ob es in unsrer Macht stehe, verliebt zu werden oder nicht?*« läßt mich daran verzweifeln, irgend etwas Neues über die Mittel sagen zu können, welche man anzuwenden hat, um im Umgange mit liebenswürdigen *Frauenzimmern* die Freiheit seines *Herzens* nicht einzubüßen. Die *Liebe* ist zwar ein süßes Ungemach, das über uns kommt, grade wenn wir uns dessen am wenigsten versehen, gegen welches wir also gewöhnlich erst dann anfangen Maßregeln zu nehmen, wenn es schon zu spät ist; da sie aber oft sehr bittre Leiden und Zerstörung aller Ruhe und alles Friedens mit in ihrem Gefolge führt; da *hoffnungslose Liebe* wohl eine der schrecklichsten Plagen ist, und äußre Verhältnisse zuweilen auch den edelsten, zärtlichsten Neigungen unübersteigliche Hindernisse in den Weg legen, so ist es doch der Mühe wert, besonders für den, welchen Mutter Natur mit einem lebhaften Temperamente und mit warmer Phantasie ausgestattet hat, sich an eine gewisse Herrschaft des Verstandes über *Gefühle* und *Sinnlichkeit* zu gewöhnen, und wo er sich dazu zu schwach fühlt – der Gelegenheit auszuweichen. Groß ist die Verlegenheit für ein *fühlendes Herz*, geliebt zu werden und Liebe nicht erwidern zu können; schrecklich ist die Qual zu lieben und *verschmäht* zu werden; verzweiflungsvoll die Lage dessen, der für grenzenlose, treue Zärtlichkeit und Hingebung mit Betrug und Untreue belohnt wird. – Wer gegen dies alles sichre Mittel weiß, der hat den Stein der Weisen gefunden. Ich gestehe meine Schwäche – ich kenne keines als die *Flucht*, ehe es dahin kommt.
Freiherr von Knigge: Über den Umgang mit Frauenzimmern, 1788

Die Zügelführung nach der Französischen Manier. 1. *beide Kandarenzügel wirken*
2. *alle vier Zügel wirken gleichzeitig*
3. *der rechte Kandarenzügel wirkt*
4. *beide Tensenzügel wirken*

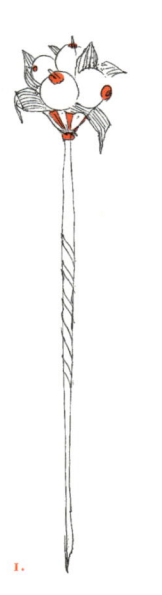

dem hintern Gartenbänkchen saß, hinaus gegangen war, sagte diese zu ihm: »Lieber Vater, ich nehme ihn recht, recht, recht gerne; denn er ist so gut, wie gar kein einziger anderer ist, er ist von einer solchen rechtschaffenen Artigkeit, daß man weit und breit mit ihm in den Wäldern und in der Wildniß herum gehen könnte, auch trägt er nicht die närrischen Gewänder, wie die andern in dem Badeorte, sondern ist so einfach und gerade hin gekleidet, wie wir selber: aber das Einzige fürchte ich, ob es denn wird möglich sein, ich weiß nicht, wer er ist, ob er ein Häuschen oder sonst etwas habe, womit er ein Weib erhalten könne, und als ich in dem Badeorte war, und um ihn fragte, vergaß ich gerade um solche Dinge zu fragen.«

»Sei wohl über diese Sache ruhig,« antwortete der Vater, »er ist ja die ganze Zeit, da er uns besuchte, so eingezogen und redlich gewesen, seine Worte waren verständig und einleuchtend und immer sehr höflich. Er wird daher doch nicht um ein Weib anhalten, wenn er nicht hätte, was sich ziemt. Der Mensch kann mit Wenigem zufrieden sein, so wie mit Vielem.«

Maria war durch diese Worte überzeugt und beruhigt.

Als am andern Tage Tiburius kam, sagte ihm der Vater gleich beim Eintritte, daß Maria eingewilligt habe. Tiburius war voll Freude darüber, er wußte gar nicht, was er thun und was er nur beginnen solle. Erst in der nächsten Woche, als ihm Maria selber, da sie auf der Gassenbank saßen, sagte, daß sie ihn mit großer, großer Freude zum Manne nehme, legte er heimlich, ehe er fort ging, ein Geschenk auf den Tisch, das er schon mehrere Tage mit sich in der Tasche herum getragen hatte.

Es war ein Halsband mit sechs Reihen der erlesensten Perlen, welche schon durch viele Alter her ein Schmuk der Frauen seines Hauses gewesen waren. Er hatte, da er im Frühlinge kam, das

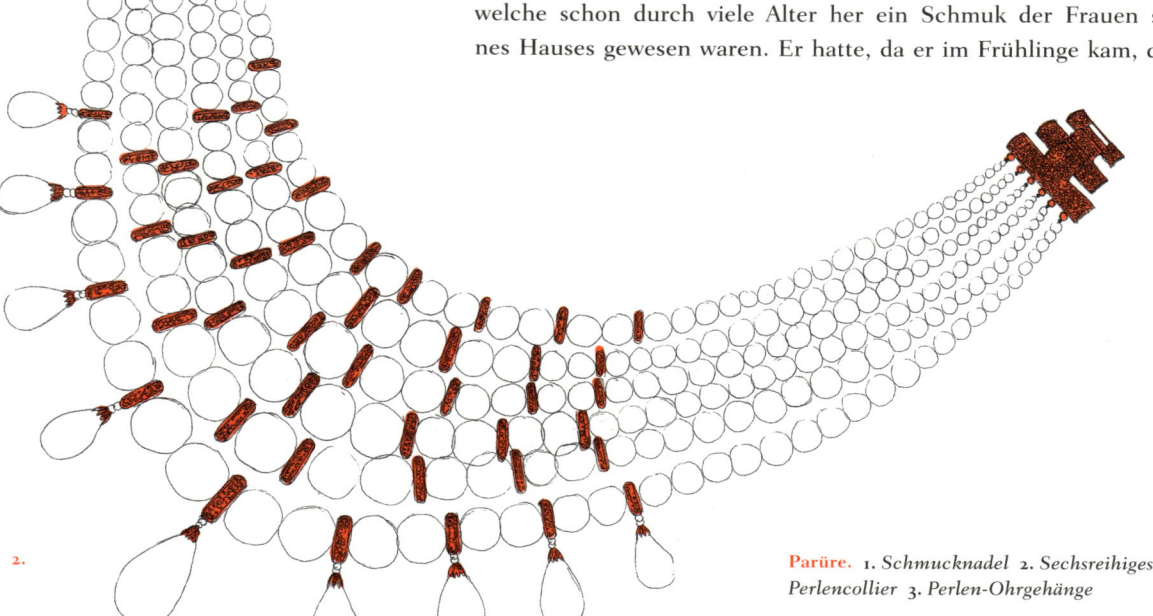

Parüre. 1. *Schmucknadel* 2. *Sechsreihiges Perlencollier* 3. *Perlen-Ohrgehänge*

Schmukkästchen mit sich in das Bad genommen, und es lagen noch mannigfaltige andere Sachen darin, die er nur erst fassen und umändern lassen mußte, um sie dann seiner Braut als Zierde geben zu können.

Maria kannte den großen Werth dieser Perlen nicht, aber sie hatte eine weibliche Ahnung, daß sie viel werth sein müssen – das Einzige aber wußte sie mit Gewißheit, daß sie ihr, als sie sie einmal umgethan hatte, unsäglich schön und sanft um den Hals stünden.

Inzwischen waren die Beweise und Belege über alle seine Verhältnisse angekommen, und er legte sie dem Vater vor. Auch hatte er in der Zeit sehr schöne Stoffe in das Häuschen geschikt. Maria hatte daraus Kleider verfertigen lassen, aber alle in der Art und in dem Schnitte, wie sie dieselben bisher getragen hatte. Er hatte ihr nichts vorgeschrieben, sondern hatte seine Freude daran, und da sie angezogen war, fuhr er mit ihr in seinem Wagen, vor dem die schönen Schimmel her tanzten, durch die belebteste Straße des Badeortes.

Alle Leute erstaunten auf das Aeußerste; denn man erfuhr nun den Zusammenhang der Dinge, namentlich da Tiburius vor Kurzem eine größere, schön eingerichtete Wohnung gemiethet hatte. Kein einziger Mensch hatte die leiseste Ahnung davon gehabt; selbst seine Diener hatten immer geglaubt, er fahre blos um zu zeichnen in den Wald hinaus: indessen hat er sich irgend wo dieses schöne Mädchen aufgelesen, und bringe sie nun als Braut. In alle Häuser, Zimmer und Kammern verbreitete sich das Gerücht. Nicht ein Mal, sondern mehr als hundert Male wurde das altdeutsche Sprichwort gesagt: »Stille Wässer gründen tief,« und mancher lüsterne, feinkennende, alternde Herr sagte bedeutungsvoll: »Der abgefeimte Fuchs wußte schon, wo man sich die schönen Tauben holen solle.«

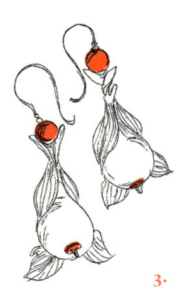

3.

~ **Zur Diätetik der Seele.** Unter dem Ausdrucke »*Seelendiätetik*« wird man sich eine Lehre von den Mitteln denken, wodurch die Gesundheit der Seele selbst bewahrt wird. Diese Lehre ist die *Moral;* und wenn gleich zuletzt alle Bestrebungen und Erkenntnisse des Menschen sich in dem großen Ziel vereinigen: seine *Sittlichkeit,* die eigentliche Blume seines Lebens, die Bestimmung seines Daseins, zu pflegen und zu fördern, – so haben wir doch hier vorzugsweise jene Kraft des Geistes vor Augen, wodurch er die dem Körper drohenden Uebel abzuwehren vermag; eine *Kraft,* deren Vorhandensein kaum je geläugnet, deren Wunder oft erzählt und bestaunt, deren Gesetz selten untersucht, deren Tätigkeit noch seltener ins praktische Leben gerufen zu werden pflegt. Jene Kraft aber, welche aus der Quelle des geistigen *Lebens* fließt, vermag der Mensch, indem er sie bildet, zur *Kunst* zu gestalten: denn die Kunst ist ein gebildetes Können; und wenn er es dahin gebracht hat, dass ihm das Leben selbst zur Kunst ward, warum soll es ihm die Gesundheit nicht werden können, die das Leben des Lebens ist?¶ Der völlig *unbefangene* Mensch fühlt sich als eins, und lebt als solches unbewusst. Mit dem *Bewusstsein* geht diese geistige Unschuld verlohren, es tritt eine *Spaltung* in's Leben. Die Thatsachen des Bewusstseins, welche gewahr zu werden eine innere Erziehung erforderlich ist, führen auf ein anderes Princip, als die Thatsachen der *Sinnlichkeit.* Wir nennen es *Geist;* vergessen aber nicht, dass wir mit diesem Worte nur eine Abstraction bezeichnen. Denn der *Geist* erscheint uns auf diesem Planeten nur, in so ferne er sich eben in Menschen, also in körperlichem Wesen, offenbart. In dieser Verbindung mit Körpern nennt ihn der vernünftige Sprachgebrauch *Seele,* und den mit ihm verbundenen Körper: *Leib.* Der Beweise, dass die *Seele* auf den *Leib* wirke, sollte es also gar nicht bedürfen, da wir Beweis nur in der Einheit der Erscheinung fassen, und schon der höchsten Ausbildung bedarf, um ihre Verschiedenheit ausfindig und sich klar zu machen.¶ ›

Uns genügt es zu bedenken, dass alles *Erkranken* entweder von Innen oder von Außen bedingt werde. Man wird entweder krank, weil sich ein Keim, der mit unserem individuellen Dasein gegeben ist, entwickelt, – freilich ohne einige Anregungen von Außen, – oder weil unser organisches Einzel-Leben im Kampfe gegen die feindlichen, der Welt, die uns umgibt, fortwährend entquellenden Gewalten erliegt; – freilich nicht ohne Voraussetzung einer mitgeborenen *Empfänglichkeit,* die auf Schwäche beruht. Zu den Krankheiten der ersten Art gehören außer jenen, die unter dem Namen der *angeerbten,* der *constiutionellen,* bekannt sind, noch gar manche Zustände, die vielleicht noch nicht überall aus diesem Gesichtspunkte sattsam gewürdigt sind, und von denen man nur so oft nicht weiß, ob man sie Entwicklung oder Krankheit nennen soll. Der denkende Arzt mag diesen Wink benutzen und zusehen, ob er die Ideen, von welchen *Malfatti* bei seiner Pathologenie aus den Evolutionen des Lebens ausging, praktisch ins Leben zu leiten und fortzuführen vermag.¶ Die *Natur* übt ein heimliches Gericht; leise und lang müßig, aber unentrinnbar; sie kennt auch jene Fehltritte, welche das Auge der Menschen fliehn und ihrem Gesetze nicht erreichbar sind; ihre Wirkungen, ewig, wie alles, was als Strom dem Quell der *Urkraft* entfließt, verbreiten sich über Generationen, und der Enkel, der verzweifelnd über das Geheimniß seiner Leiden brühtet, kann die Lösung in den Sünden der Väter finden. Das alte tragische Wort: »Wer that, muß leiden,« gilt nicht bloß sittlich und rechtlich, es gilt auch physisch.¶ Und es wird immer mehr erkannt werden, dass der schwächliche Zustand, ja die Krankheiten selbst unserer Mitgebornen mehr im Sittlichen als Leiblichen ihre Wurzeln haben, und weder durch das *kalte Waschen,* noch die entblößten Hälse, noch sonstige Rousseau-Gälzmaschinnische Abhärtungsexperimente an Kindern, sondern durch eine höhere Kultur ganz anderer Art, deren Anfang in uns selbst gemacht werden muß, verhütet, und so Gott will, vertilgt werden können.¶ Unentschlossenheit, ein unseliger Kampf der Seele, der nur zu leicht – mit *Lähmung* endet! Nicht der Tod ist grausam gegen den Menschen; nur der Mensch ist es gegen sich selber, der ihn blinzelnd ansieht, und, das unsich're Bild im halbgeschlossenen Auge, bald ihm entgegen, bald von ihm ab die zögernden Schritte wendet.¶ Wer endlich schon dem furchtbaren Dämon der *Hypochondrie* verfallen ist, dem konnten wir nur einen Rath ertheilen, welchen wir nun wiederholen: dem umflorten Blick von der dumpfen Enge des kümmerlichen, gequälten Selbst hinauszuwenden auf das unendliche Schauspiel der leidenden und jubelnden ›

Tiburius hatte indessen, als die gesezlichen Bedingungen erfüllt waren, und als die gesezliche Zeit verflossen war, Maria in seine Wohnung als Gattin eingeführt, und im Spätherbste sahen alle Badegäste, die noch da waren, wie er sie in einen schönen wohleingerichteten Reisewagen, der vor dem Hause hielt, einhob, und mit ihr nach Italien davon fuhr.

Er wollte dort den Winter zubringen, allein er blieb dann drei Jahre auf Reisen durch die verschiedensten Länder, von wo er dann in das Haus zurückkehrte, das ihm unterdessen in Marias schönem Vaterlande gebaut worden war. Das väterliche hatte er verkauft.

Wie ist nun Herr Tiburius anders geworden!

Alle seidenen Chinesen sind dahin, die Elenhäute auf Betten und Lagerstätten sind dahin – er schläft auf bloßem reinem Stroh mit Linnendeken darüber – alle Fenster stehen offen, ein Luftmeer strömt aus und ein, er geht zu Hause in eben so losen leinenen Kleidern, wie sein Freund, der kleine Doctor, der ihm den Rath wegen dem Bade gegeben hatte, und er verwaltet sein Besizthum wie ebenfalls der kleine Doctor.

Dieser Doctor, der sich für sein Leben ein Recept gemacht hatte, hauset nun schon mehrere Jahre in der Nähe von Tiburius, wohin er alle seine Pflanzen und Glashäuser wegen der bessern Luft und anderer gedeihlicherer Verhältnisse übergesiedelt hatte. Da ihm die Sache von Tiburius Heirath zu Ohren gekommen war, soll er unbeschreiblich lustig gelacht haben. Er achtet und liebt seinen Nachbar ungemein, und obwohl er ihn damals gleich nach kurzer Bekanntschaft Tiburius genannt hatte, so thut er es jezt nicht mehr, sondern sagt immer: »Mein Freund Theodor.«

Auch seine Gattin, die dem Herrn Tiburius zur Zeit seiner Narrheit besonders gram gewesen war, schäzt und achtet ihn jezt bedeutend: Maria aber wird von ihr auf das Herzlichste und Innigste geliebt, und liebt sie wieder.

Mit dem treuen reinen Verstande, der dem Erdbeermädchen eigen gewesen war, fand sie sich schnell in ihr Verhältniß, daß man sie in ihm geboren erachtete, und mit ihrer naiven klaren Kraft, dem Erbtheile des Waldes, ist ihr Hauswesen blank, lachend und heiter geworden, wie ein Werk aus einem einzigen, schönen und untadelhaften Guße.

Tiburius ist nicht der erste, der sein Weib aus dem Bauernstande genommen hatte, aber nicht alle mochten so gut gefahren sein, wie er. Ich habe selbst Einen gekannt, dem sein Weib alles auf ihren lieben, schönen, ländlichen Körper verschwendete.

Der Vater Marias, weil es ihm in dem leeren Muldenhäuschen zu langweilig geworden war, lebt bei seinen Kindern, wo er in dem Stübchen die Uhr hat, welche sonst in der Stube seines Wohnhauses gehangen war.

So wäre nun bis hieher die Geschichte von dem Waldsteige aus. – Zulezt folgt eine Bitte: Herr Theodor Kneigt möge mir verzeihen, daß ich ihn immer schon wieder Tiburius geheißen habe; Theodor ist mir nicht so geläufig und gegenwärtig, wie der gute liebe Tiburius, der mich damals so furchtbar angeschnaubt hatte, als ich sagte: »Aber Tiburius, du bist ja der gründlichste Narr und Grillenreiter, den es je auf der Erde gegeben hat.«

Habe ich nicht recht gehabt?

Nachschrift. In dem Augenblike, da ich dieses schreibe, geht mir die Nachricht zu, daß der einzige Kummer, das einzige Uebel, der einzige Harm, der die Ehe Marias und Tiburius getrübt hat, gehoben ist – es wurde ihm nehmlich sein erstes Kind, ein lustiger schreiender Knabe, geboren.

Menschheit, – und in der Theilnahme am Ganzen, die am eigenen Jammer zu verschmerzen, oder doch wenigstens die Anderer zu verdienen. Eine Aufgabe, welche die großen Entwicklungsbewegungen der Gegenwart ohnehin jedem nahe legen, und, wenn er der Zeit würdig sein will, zu heiligen Pflichten machen. Eine Aufgabe, leichter, als die dem in Gewohnheit untergegangenen, blasirten *Selbstling* scheinen mag. Denn ist es nicht – nach dem Ausdrucke eines liebenswürdigen Dichters und Arztes – unser eigener Zustand, wenn wir einen fremden empfinden? – Und vollends: In der Herrlichkeit der ewig sich neugebärenden, allebendigen Natur, da lerne der Unselige den Balsam finden und bereiten, der allen Kreaturen gegönnt und gegeben ist; in dem ungeheuren Zusammenspiel menschlicher Charactere und Geschicke, da lerne er das Maß finden, zu welchem er selber geboren ist; und, wenn er dieses einmal erkannt hat, so strebe er nach nichts Weiterem, als: *Er selbst zu sein und zu bleiben, – rein und wahrhaftig, wie ein unverfälscht ausgesprochenes Wort Gottes.* Denn Gesundheit ist nichts anderes als Schönheit, Sittlichkeit und Wahrheit.¶ Wir dürfen die belebende Empfindung innerer Zuversicht und Klarheit, womit wir diese Blätter schreiben, Ihnen als Segen zu fröhlichem Wirken und Gedeihen mit geben.
Ernst Freiher von Feuchtersleben: Zur Diätetik der Seele, Wien 1848

Nachbemerkung

Zwei junge Leut' edieren Stifter – das klingt fast so befremdlich-merkwürdig wie »Zwei alte Tanten tanzen Tango«. Passionierte Stifterphilologen wie Tangotänzer befürchten eine Schmälerung ihrer jeweiligen Obsession. Dem Tanten-Tango geht der Schwung ab, und bei einer juvenilen Stifter-Edition droht Mangel an Einübung und Textgefühl.

Aber die anfängliche Befremdung verwandelt sich in Verwunderung und steigert sich zur Bewunderung, wenn der altbekannte Stifter-Text unerwartet zu einem Lese- und Seherlebnis wie die vorliegende WALDSTEIG-Ausgabe wird. Man kennt die zum Klischee gewordene Interpretation der Stifterschen Dinglichkeit: Metaphysisch, ontologisch, semiotisch scheint da alles gesagt – und dann zeigen die marginalen Bilder, mit wievielen Dingen so ein fiktiver Text instrumentiert ist. Ein wahrer orbis pictus tut sich um die Krankengeschichte des Herrn Tiburius auf. Zusammen mit Zitaten, die einzelne Textelemente erläutern, erstaunt die konkrete Fülle. Daß der chronisch als Langweiler mißverstandene Stifter »ein lebendiger Erzähler« ist, stellte eine Aufsatzsammlung jüngerer Interpreten sichtlich überrascht fest, und der hier verfolgte Editions- und Leseansatz bestätigt sie.

Im Text selbst gehört die Wahrnehmung der Dinge ins Therapie-Konzept des eingebildeten Kranken, der zunächst nicht allein an der Narrheit leidet, nur sich selbst und seine Symptome wahrnehmen zu wollen; er leidet auch an einem fragwürdigen Erziehungswirrwarr, vor allem das einengende Motto des Hofmeisters: »Gehörigkeit [das ist die Konvention] an sich ist Zweck«, hatte Tiburius fast verdorben. Jedoch sichern ihm, nachdem alle Angehörigen starben, die Erbschaften ein selbstbestimmtes, wenn zunächst auch noch verwirrtes Leben. Dank seiner Hypochondrie lernt Tiburius aber einen anderen »großen Narren« kennen: den die Schulmedizin verachtenden Arzt, der ihm statt irgendwelcher Mittel ein Ziel außerhalb seiner bisherigen Welt verordnet – die heilsame Natur eines Heilbades.

Hier ereignet sich seine allmähliche Gesundung dank neuer Wahrnehmung: Weil sein bewahrter Eigensinn ihn daran hindert, die »gehörigen« Kleiderordnungen, Promenier- und Baderituale einzuhalten, und ein Verirren auf den Waldwegen ihn zu einer Neuorientierung zwingt, gelingt ein Neuanfang – ein Weg zu Heilung, Verjüngung und Liebe. Nach einem ersten Besuch im Badeort erstaunen ihn bei der Rückkehr zu anderer Jahreszeit die Veränderungen des ihm gewohnten Waldpfads. Von Maria, einem Landmädchen, lernt er, warum die Dinge sich so veränderten, sie korrigiert seine Sichtweise und unterrichtet ihn beim Zeichnen der »Gegenstände des Waldes«. Was ihr vertrauteste Umgebung ist, hatte ihn in seiner Naturferne zunächst verwirrt und in Lebensgefahr gebracht.

Zu der – bei Stifter seltenen – humoristischen Erzählweise gehört es, wie sich die Wahrnehmung entwickelt: Die Augen für die Schönheit seiner »Lehrerin« gehen ihm erst dann auf, als sie die herablassend-plumpe Anmache gewöhnlicher Kurgäste erwähnt: »Er erschrak ungemein; denn sie war wirklich außerordentlich schön.« Durch die Naturstudien erzogen, verfällt er nicht in pauschale Begeisterung, sondern bewundert in angemessen zartem Annähern und Wahrnehmen »zurückhaltender als sonst« immer nur »einen Zug ihrer Schönheit«. Erst spät kommt ihm der Gedanke, sie »zu seinem Weibe« zu begehren. Außerhalb der durch Besitz und Stand gezogenen Grenzen der Konvention und fern der »Gehörigkeit« findet er »sein Weib aus dem Bauernstande«. –

Da Eigensinn die Wanderungen und Spaziergänge des Tiburius fernab der etablierten Gesellschaft lenkt, darf man seine Wege auch im metaphorischen Sinn als Anbahnungen der damals ersehnten gesellschaftlichen Erneuerungen verstehen. »Spaziergänge eines Wiener Poeten« nannte Anastasius Grün, der eigentlich Anton Alexander, Graf von Auersperg hieß, seine 1831 anonym veröffentlichten Gedichte, die in Heinrich Heines für Österreich sehr anrüchigem Hamburger Verlag erschienen waren und ihre dritte Auflage im Jahr der ersten Waldsteig-Fassung 1844 erlebten. »Allerorten erstanden rüstige Spaziergänger« schreibt ein Grün-Spezialist. Wie viele der sogenannten Tendenzpoeten seiner Zeit baut der kritische Graf die im k. k. Habsburger Reich als gefährlich verfolgten Gedichte immer wieder auf Bildern einer »frei« sich erneuernden Natur auf.

Nach einem Witz der Metternichzeit wollte der allmächtige Staatsmann die Jahreszeiten verbieten – die von ihnen bedingten Veränderungen gefährdeten den ach so labilen status quo im Vielvölkerstaat.

Für die »Ungehörigkeit« des Tiburius ergibt sich also ein sehr weiter Horizont.

Ulrich Dittmann

Stifter für Stifter

Franz Adam, München ❦ Wolfgang Albrecht, Gellersen ❦ ❦ Ulrike Armansperg, Kirschschlag ❦ ❦ Victoria Baum, St. Augustin ❦ ❦ Cybèle Bouteiller, Berlin ❦ Heike Curtze und Bernd Jeschek, Wien ❦ ❦ Gerhard Föhner, Stuttgart ❦ ❦ ❦ Wolf-Dieter von Hessert, Binzen ❦ ❦ ❦ Hermann Hummer, Wien ❦ ❦ ❦ Brigitte und Egbert Jänichen, Dresden ❦ Dietmar Klütsch, Überherrn ❦ ❦ Max Krauss, Wien ❦ ❦ Katja Liebig, Stuttgart ❦ ❦ ❦ ❦ Mechthild Lobisch, Halle ❦ ❦ Thomas Mattern, Bad Rappenau ❦ Una H. Moehrke, Berlin ❦ ❦ Hans Naumann, Perdreauville ❦ Irme Overlack-Zenzen und Christa Zenzen, Gladbeck ❦ ❦ Andreas und Gerlind Poll, Borken ❦ Familie Schmidt, Königstein und Madrid ❦ Dagmar und Wilfried Sommer, Kassel ❦ ❦ ❦ Matthias Stabe, Stuttgart ❦ ❦ Uda und Hartmut Stabe, Weimar ❦ ❦ Ulla und Herbert Will, München ❦ Wolfgang Wiessing, Glückauf Apotheke, Hückelhoven ❦ Peter Zitzmann, schPeZi-Presse, Nürnberg ❦ ❦ ❦

❦ ❦ Adalbert Stifter Verein, München ❦ ❦ ❦ ❦ ❦ ❦ Begegnung mit Böhmen, www.boehmen-reisen.de ❦ ❦ Bund Deutscher Buchbinder-Innungen e.V., Aachen ❦ ❦ ❦ Freundes- und Förderkreis der Burg Giebichenstein, Halle ❦ ❦ Klasse des FG Konzeptkunst Buch, Burg Giebichenstein, Halle ❦ ❦ Rheinische Adalbert-Stifter-Gemeinschaft, Leverkusen ❦ ❦ Universität für Angewandte Kunst, Abt. für Grafik/Druckgrafik, Wien

Papierfabrik Schleipen, Bad Dürkheim ❦ ❦ Otto-Dorfner-Werkstatt, Weimar ❦ ❦ ❦ Heinz Ziegenbein KG, Bucheinbandstoffe, Stuttgart ❦ ❦ Hochschuldruckerei im Hermes, Halle ❦ Druckhaus Schütze GmbH, Halle ❦ ❦ ❦ Kunst- und Verlagsbuchbinderei GmbH, Leipzig ❦ ❦ ❦ ❦ ❦ ❦ Fachgebiet Konzeptkunst Buch an der Burg Giebichenstein Hochschule für Kunst und Design Halle ❦ ❦ ❦

Allen Ratgebern, Bibliothekaren, Helfern und Kritikern, die im Hintergrund gewirkt haben, sei insbesondere gedankt!
Mechthild Lobisch und Ulrich Dittmann als Anstoßer und Förderer gilt der größte Dank.

❦

~ Dieses Buch wurde ermöglicht durch mannigfaltige Unterstützung. Insbesondere die Personen und Institutionen, welche als *Stifter für Stifter* grenzenloses Vorschußvertrauen in die Arbeit der Herausgeber gesetzt haben, finden hier Erwähnung.¶ Schon lange bevor die letzte Zeile gesetzt, der endgültige Strich gezogen war, haben sie zugesagt, das Buch in größeren Mengen oder gar eine der raren Vorzugsausgaben zu erwerben, und damit das Unternehmen auf ein solides pekuniäres Fundament gestellt.¶ Dafür sei auf das herzlichste gedankt!

~ Alle an der Produktion beteiligten Zulieferer, Firmen und Werkstätten haben durch großzügiges Entgegenkommen, Bereitstellung von Material zu äußerst günstigen Konditionen oder weitreichende Beratung geholfen, das Buch in dieser schmucken Form erscheinen zu lassen.¶ Auch ihnen vorzüglichsten Dank!

Abbildungsnachweis

6 *Catalogues des Clichés Typographiques de touts styles,* Paris **7** C. G. Friderich *Geflügelbuch,* Stuttgart 1896 **8/9** Helmut Stabe (HS) nach E. Hercík *Volksspielzeug,* Prag 1952, sowie *Sonneberger Spielzeugmusterbuch,* 1831 **12/13** HS nach L. Libert *Tabakpfeifen,* 1986, L. Libert *Von Tabak, Dosen und Pfeifen,* 1984, A. Pellissone/V. Emanuel *Die Pfeife,* 1988 **14/15** HS nach S. Kneipp *Meine Wasser-Kur,* 1891, F. E. Bilz *Das neue Heilverfahren,* 1888 **18** wie 7 **21** HS nach Ch. Lemaire, A. Verschaffelt *L' Illustration Horticole,* 1857 **22** HS nach P. Starosta/J.-P. Vesco *Papillons. Die Schönheit der Schmetterlinge,* 2001 **24/25** Dr. med. J. Springer *Die Aerztin im Hause,* 1910 **28/29** A. Spiess *Die Lehre der Turnkunst/Die Freiübungen,* 1840 **32/33** HS nach R. Phillips *Das Kosmosbuch der Gräser, Farne, Moose, Flechten,* 1981 **34/35** HS nach S. Coradeschi/M. De Paoli *Stock und Knauf,* 1994 **36/37** HS nach Raichle **42/43** Ulrike Jänichen (UJ) nach H.-T. Schadwinkel/G. Heine *Das Werkzeug des Zimmermanns,* 1994 **46/47** S. Kneipp *Meine Wasser-Kur,* 1891, wie 25 **48/49** HS nach L. Mayr *Fremdenführer in Ischl und Umgebung,* 1864 **50/51** UJ nach H. Petroski *Der Bleistift,* 1995 **52/53** UJ nach F. C. Lipp *Goldhaube und Kopftuch,* 1980 **54/55** Du Hamel du Monceau *Ausführliche Beschreibung der Erbeerpflanzen,* 1775 **58/59** UJ nach F. Stade *Schule des Bautechnikers,* 1904 **62/63** HS und wie 54/55 **66/67** HS nach W. Deutsch/M. Wachler *Idiophone und Membranophone,* 2004 **68/69** O. Brunfels *Contrafayt Kreuterbuch,* 1532 **70/71** HS nach H. Petroski *Der Bleistift,* 1995 **74/75** J. Fillis *Grundsätze der Dressur und Reitkunst,* 1896 **76/77** UJ und HS **38/39, 72/73, 78/79** Sonja Poll, alle weiteren Helmut Stabe

Die Orthographie aller Texte folgt dem jeweiligen Original, nicht gekennzeichnete Texte wurden von den Herausgebern verfasst. Die vorliegende Ausgabe folgt der Erstausgabe von Adalbert Stifters *Studien. Der Waldsteig* findet sich in Band 5 (3. Folge), der 1850 in Pesth erschienen ist.

Bibliographische Informationen der Deutschen Bibliothek
Die Deutsche Bibliothek registriert diese Publikation in der Deutschen Nationalbibliographie; detaillierte bibliographische Daten im Internet unter: http://dnb.ddb.de

Gestaltung und Satz: Sonja Poll, Helmut Stabe
Schrift: Fairfield
Papier: fly, 115 g/m² von Schleipen für den Text, Papier für Vorsatz und Schutzumschlag aus den historischen Beständen der Otto-Dorfner-Werkstatt, Weimar

Druck: Druckhaus Schütze GmbH, Halle
Bindung: Kunst- und Verlagsbuchbinderei GmbH, Leipzig
Printed in Germany

Neben der Buchhandelsausgabe erscheint eine Vorzugsausgabe in einer Auflage von 77 nummerierten Exemplaren, denen je 3 Originalgrafiken beigegeben sind.

ISBN 3-89812-313-8 Buchhandelsausgabe
ISBN 3-89812-314-6 Vorzugsausgabe

Nr. 14 der Schriftenreihe Burg Giebichenstein
Hochschule für Kunst und Design Halle

Nachdruck, auch auszugsweise, verboten – alle Rechte vorbehalten.
Rechte zur fotomechanischen und digitalen Wiedergabe nur mit Genehmigung des Verlages.
© mdv Mitteldeutscher Verlag GmbH, Halle 2005